Editor
Eduardo Lacerda

Assistentes Editoriais
Amanda Vital
Diego Alves
João Vitor Nascimento
Maria Beatriz de Paula Machado
Mylena Morais
Ricardo Escudeiro

Capa e Projeto Gráfico
Anderson Bernardes

Administrativo e Comercial
Pricila Gunutzmann

Expedição
Sheila Gomes

Catalogação na publicação
Elaborada por Bibliotecária Janaina Ramos – CRB-8/9166

M195v

Maglio, Maria Fernanda Elias

Você me espera para morrer? / Maria Fernanda Elias Maglio. – São Paulo: Patuá, 2023.

184 p.; 14 X 21 cm

ISBN 978-65-5864-574-0

1. Romance. 2. Literatura brasileira. I. Maglio, Maria Fernanda Elias. II. Título.

CDD 869.93

Índice para catálogo sistemático
I. Romance : Literatura brasileira

Editora Patuá | Livraria Patuscada
Rua Luís Murat, 40
Vila Madalena – São Paulo – SP
(11) 96548-0190
editorapatua@gmail.com
www.editorapatua.com.br

Maria Fernanda Elias Maglio

VOCÊ ME ESPERA PARA MORRER?

1ª edição

PROAC EDITAIS — Programa de Ação Cultural São Paulo
PATUÁ
CULT SP
SÃO PAULO GOVERNO DO ESTADO
SÃO PAULO SÃO TODOS
Secretaria da Cultura, Economia e Indústria Criativas

São Paulo, 2023

“Para ódio e amor que dói,
amanhã não é consolo.”

(Guimarães Rosa)

Para Bia Elias,
que me visita os sonhos

VOCÊ ME ESPERA PARA MORRER?

Seis
Oito
Nove

Ilana arranca um chumaço de grama, coloca na panelinha vermelha, despeja um pouco da água que está no pote de margarina, mexe com um graveto: tá pronto o papá, nenê, agora come. Fala com a boneca de olhos vidrados de azul, o rosto rabiscado de caneta, um tufo de cabelo amarelo, quase branco, saindo do alto da cabeça. A boneca não tem roupa nenhuma, ainda assim não está pelada, porque não tem o que faz menina estar pelada. Ilana abre as perninhas de plástico e olha: nenhum risco, nenhuma coisa escondida. Desce os shorts e a calcinha até a altura dos joelhos, abre as pernas que não são de plástico e olha: o risco e as coisas escondidas. Encosta o indicador em algo que lembra um botão, o corpo se retrai, em seguida ela ri, sem barulho. Toca de novo e dessa vez nem se contrai, só o riso que ninguém ouve. Escuta a voz da mãe na cozinha, sobe os shorts e calcinha, a boneca ainda de pernas escancaradas, sem nada para mostrar, a comidinha de grama ao lado, nenê danada, nem comeu o papá. Leva o indicador no nariz e sente o cheiro do lugar que a mãe chama de *lá*. A mãe diz, lava direitinho lá, tem que lavar bem lá pra não cheirar. E sempre cheira, não importa o quanto sabonete esfregue (e é bom esfregar lá), sempre um cheiro de uma coisa que ela não sabe. A irmã tem o mesmo lá e ela queria perguntar, Line, quando você passa sabonete lá, fica com cheiro de sabonete?

Mistura o resto da água do pote de margarina na terra, enrola brigadeiros de lama, pensa em fazer um bolo, uma festa para a filha que não tem lá.

Aline chega e diz, posso brincar, Lana? Ã-hã, Ilana responde. Aline é mais alta, a tia Dodora sempre fala que nem parecem gêmeas. Todo mundo diz que Aline aparenta ser mais velha, até os tios de São José dos Campos que vieram no Natal passado, uma mesa bonita com uva, azeitona espetada no palito, mortadela, cereja. Pensa em cereja, lembra do bolo de lama e diz para a irmã, tem que fazer um bolo, Line, é aniversário da nenê. Aline olha a boneca no cimento, as pernas para cima formando um triângulo sem fechar, os pés apontando para o céu sem nuvens, essa boneca é muito feia, Lana, faz de conta que é o nosso aniversário. Ilana não gosta que a irmã tenha dito que a filha é feia, porque ainda que seja feia, é filha. Queria que a mãe pensasse assim também, que ainda que seja feia, as unhas roídas todas, é filha. Pega a boneca do chão, a pele de plástico quente do sol, dá um abraço e cochicha: você é bonita, nenê. A mãe nunca diz nada dessas coisas, só fala, vem almoçar, vem jantar, vai tomar banho. A tia Dodora sim, fala umas coisas que dá vontade de chorar, mas não é de triste, ela diz, você parece uma princesa, Lana, quer um leite com chocolate?, faço um quentinho pra você. Se a tia Dodora fosse a mãe, certeza que ia contar o nome verdadeiro do lá.

Aline está com a mão direita mergulhada no balde azul, mexe o punho como se fosse colher, tô fazendo o nosso bolo, Lana, vai ter três andares. Ilana toma coragem e pergunta: como chama de verdade o lá? Aline responde, lá onde, Lana? O lá de menina, e aponta o indicador roído para o meio das próprias pernas. Ah, chama perereca, você não sabia? Ilana concorda com a garganta, ã-hã, para encerrar o assunto com a irmã, precisa pensar, perereca, perereca, perereca. Ela tem medo de perereca, quando aparece uma no banheiro do sítio, corre e chama a tia Dodora, o tio Valter diz, não faz nada, Lana, é só bicho da natureza. E agora não vai ter mais medo, porque perereca é bom da gente botar o dedo. Uma vez colocou um batom dentro da calcinha, encostando no botãozinho, passou o dia inteiro e uma hora a mãe desconfiou, porque Ilana cruzava muito as pernas. A mãe deu bronca e puxou os cabelos com força, onde já se viu botar as coisas lá, deixa teu pai te pegar de sem-vergonhice. Ela gosta quando o pai não está em casa, só a mãe, o cheiro da cebola fritando no óleo. Melhor ainda quando ela e a irmã estão de férias no sítio, sem a mãe nem o pai, a tia Dodora mexendo doce no tacho, ariando panela, o tio Valter cuidando dos porquinhos bebês, cavoucando o chão a procura de minhocas para as meninas brincarem, olha essa que bitela, parece cobra, e Aline perguntou para o tio como elas não sufocavam debaixo da terra e o tio Valter explicou que a terra é o ar delas.

Aline terminou o bolo que seca ao sol, uma vela de graveto espetada, que cê acha de botar umas folhas, Lana, pra enfeitar? Ilana faz, ã-hã, e continua enrolando os brigadeiros, tem um monte, tenta contar, mas se perde, não sabe o que vem depois do dezessete, acha que o dezenove, mas não tem certeza.

A mãe grita da cozinha, vem almoçar. Aline diz para a irmã, vamos cantar parabéns bem rápido, Lana? Em um minuto cantam parabéns, dizendo, viva a Lana, viva a Line, sopram a vela sem fogo nenhum, e juntas seguram um pauzinho para cortarem o bolo. Aline sussurra no ouvido da irmã, vamos fazer um pedido, Lana? E Ilana pergunta, qual? A gente pede pra uma não morrer sem a outra.

As meninas estão sentadas, já lavaram as mãos e os braços, o pai não gosta de sujeira na hora da refeição. A panela está na mesa, o que tem dentro é macarrão, porque hoje é domingo, a mãe fez laranjada e salada de tomate com orégano e óleo. A mãe não abre a panela e nem serve a laranjada para as meninas, porque o pai ainda não se sentou. A porta do banheiro encostada, escutam o jato de urina caindo na água da privada, um jorro contínuo e depois duas golfadas, barulho da descarga, torneira aberta.

O pai se senta e não diz nada, ainda tem sono nos olhos e na camisa amarrotada. Deve ter dormido de roupa, Ilana ouviu a mãe contar para a tia Dodora que de sábado o pai chega para amanhecer o dia e deita de roupa e tudo, sem nem lavar os dentes. Ilana não sabe o que a tia Dodora respondeu, porque passou um caminhão na rua bem na hora, e quando acabou o vrum de tremer as paredes, a mãe já tinha voltado a mexer o arroz-doce e a tia falava, que cheiro bom de canela, Ana.

O pai tem a boca tão cheia que é preciso abri-la para dar conta de engolir a comida. Ilana olha com o rabo do olho a boca do pai muito aberta, os dentes do fundo pintados de prateado. A dentista em que a mãe a levou chama de estrelinha, Ilana tem uma e Aline, três. Doeu muito para pintar a estrelinha no dente, antes uma máquina com barulho de abelha fazendo zuuuuuuuu e abrindo um buraco, a dentista dizendo, peraí que o bicho tá saindo, e um cheiro que não é de lugar nenhum, Ilana pensou que pudesse ser de osso. O tio Valter contou que dente é osso, mas ela acha que não, porque osso fica escondido na carne e dente aparece quando a gente ri ou enche muito a boca de macarrão.

A mãe recolhe os pratos, os copos, a jarra com três dedos de laranjada e diz, vão brincar, sem barulho, hein, o pai foi descansar. Aline fala, vamos desenhar, Lana, eu faço um desenho de bicho e você adivinha, depois a gente troca. Ã-hã.

Aline já desenhou leão, girafa, cachorro e jacaré, e Ilana só não adivinhou o jacaré. Agora é a vez de Ilana, e justo quando desenhava a asa de uma borboleta, a ponta do lápis vermelho quebrou e Aline não sabe ainda que é uma borboleta, era só o começo do desenho, pega o apontador, Lana, tem um na gaveta do telefone que eu vi.

Não tinha nenhum apontador na gaveta, só duas bics azuis, uma lista telefônica, três clipes, um pedaço de papel escrito alguma coisa que Ilana não sabe, ainda não aprendeu a ler. E quando aprender, vai entender tudo e vai escrever muitas vezes, perereca, perereca, perereca. A porta do quarto do pai está encostada, nenhuma fresta.

Ilana para em frente à porta e escuta o barulho do ronco, imagina a língua mole, os dentes prateados mastigando o macarrão, ela perguntou para o tio Valter por que vaca mastiga sem parar e ele respondeu que vaca não tem o que fazer da vida, então fica mastigando. Ela quer ter o que fazer da vida, não quer ficar mastigando e não quer mais nenhuma estrela, nunca mais sentir o cheiro de osso.

O que que cê tá fazendo aí, Lana? Ilana se assusta com a voz da irmã, dá um pulo para a frente, em direção à porta encostada, que abre, revelando o pai deitado de barriga para cima, está só de cueca, o ventilador em cima da cômoda, o corpo coberto por uma transpiração de gordura, já passa da uma da tarde e um calor que só pode fazer nesta terra, é o que diz a tia Dodora quando está muito quente e está muito quente todos dias. Aline solta uma risada, segurando a boca com a mão, olha o coiso dele, Lana. E Ilana vê: a cueca do pai estufada feito sonho de padaria, lotada de creme até quase estourar. O pai ronca, a boca muito aberta, o ventilador zunindo, a colcha vermelha, a cueca gorda. Ilana tem vontade de chorar, o pai brilhante de suor, olhando assim não parece mau, não parece capaz de fazer ruindade, judiar de criação, e ela ouviu o tio Valter dizer que quem judia de criação é gente ruim.

O que que tão fazendo aí? As duas se assustam com a chegada da mãe e soltam dois gritos idênticos, o mesmo tom agudo, nunca parecem tão gêmeas como quando são involuntárias. O pai acorda e pergunta, que barulheira é essa?, com a boca de muitos dentes e a língua mole. A mãe responde, nada não, João, pode tornar a dormir, e o pai olha em direção à própria cueca estufada de creme, faz um movimento com a cabeça, as meninas não percebem. A mãe manda as duas para o quintal, em seguida entra no quarto e elas escutam a chave rodando, um trec metálico.

Quer brincar de amarelinha, Lana?, a gente desenha de tijolo. Ilana não quer, está sentada no chão e raspa um graveto no cimento, pensa sobre uma infinidade de coisas: dentista, perereca, sonho de padaria, queria perguntar uma coisa para a irmã, mas não sabe o quê. Aline pula uma amarelinha invisível, alternando um pé, dois pés, um pé, dois pés, deixa de ser boba, Lana, vem pular comigo.

De repente descobre o que queria falar para a irmã. Antes de perguntar, diz, senta, Line, para de pular igual cabrito. Aline se surpreende com a ordem da irmã, que não é de dar ordens, e senta no chão de cimento. Por que você pediu aquilo, Line, da gente morrer igual? Aline ri, foi só uma coisa da minha cabeça, Lana, bobeira. Ilana diz, eu gostei, isso de uma morrer só quando a outra morrer. Ilana quer explicar, mas não consegue, só entende que gostou. Combinado, Line, quando eu morrer você morre também? Tá combinado, Lana, só não vai morrer agora. As duas riem e Aline convida de novo para pular amarelinha, e dessa vez Ilana aceita.

A irmã pega um pedaço de tijolo e risca um círculo grande, não escreve nada dentro, só desenha uma nuvem e ambas sabem que é o céu e que na outra ponta, dentro da bola, vai ter um tridente que será o inferno, e Ilana tem medo de inferno, capeta, essas coisas todas, queria combinar com a irmã de, quando morrerem no mesmo dia, na mesma hora, irem direto para o céu. Aline procura uma pedra no canteiro e já deve ter se esquecido de que vão morrer juntas, tomara que de mãos dadas para não dar medo, e que demore muitos anos, tantos que ela nem sabe contar, depois do dezessete vem o dezoito, agora ela se lembra.

O sol arde a pele das meninas, o cimento, a boneca, o pote de margarina, o barro endurecido, os riscos de tijolo da amarelinha. O céu de um azul impossível. Um avião passa no alto, as irmãs param o jogo e balançam as mãos em tchau.

*

Não é pra você que eu escrevo, nem sei onde você está. Você está me esperando, Line? Por mim pode ser agora, neste minuto, você aí nessa terra de gelo e eu aqui, sentada na mesa da cozinha do sítio. Um forno, a casa inteira é quente, as paredes, o chão, o sofá vermelho de quando a gente era pequena ainda tá aqui, tem cheiro de flor e poeira, sei lá por que, a poeira sim, mas flor, Line, por que diabo o sofá tem cheiro de flor? Um dia arrebento na faca e descubro se tem flor no lugar de espuma, só pode ser.

Se tivesse endereço, eu mandava carta, ligava, você deve ter celular, essas coisas, se é que ainda continua viva e eu acho que não. Ninguém some assim, vai embora pra nunca voltar, só em filme, essas coisas de mentira, na vida de verdade, ou a pessoa volta, ou morre. Quando o pai foi embora, eu sabia que eram duas opções: ou ele voltava, ou morria, e eu torci tanto pela segunda, Line, fiz até promessa pra Santa Rita. Eu tinha oito anos, mas é como se eu soubesse de tudo que nem tinha acontecido. Se ele tivesse morrido, você não tinha ido embora e de repente a Maria estava aqui no sítio comigo, arrancando mato da horta. Minha filha, Line, minha filha. Agora a horta só tem mato e eu nem ligo, um capim escuro que engoliu cenoura, alface, tudo.

*

Eu achei este caderno com a cara da Hello Kitty. Era um caderno de escola da Maria, acho que de matemática. Eu tinha arrancado as folhas pra fazer de livro de receitas, gostava de assistir Ana Maria Braga, aprendia a fazer pão de batata, lasanha de berinjela, pavê de uva. Na semana passada abaixei pra matar uma aranha, uma caranguejeira de meio palmo que correu pra baixo da cômoda, e encontrei o caderno, nem sei como foi parar lá. Na primeira página, uma receita de suflê de milho, escrevi três dias antes de acontecer, lembro direitinho. Eu aqui nesta mesa anotando: 4 colheres de farinha, 2 colheres de manteiga, 3 de queijo ralado, 1 copo de leite, 1 lata de milho verde, 3 ovos inteiros. Sempre achei engraçado isso de ovo inteiro, como se a gente pudesse fatiar ovo na metade. Parece que faz trinta anos isso de escrever receita e fazer comida esperando a Maria chegar da escola. Agora o caderno não vai ter receita nenhuma. Vou escrever essas coisas aqui e se você voltar não te mostro nada, queimo tudo, o caderno inteiro. Na primeira página escrevi: filhos da puta, bem grande. E se você me perguntar quem são os filhos da puta, eu te digo que são todos vocês. Um bando de filhos da puta: a Maria, a tia Dodora, o tio Valter, a mãe, o pai, você.

*

Hoje o cheiro de manacá tá de embrulhar o estômago. Os dois manacás detrás da casa florescem o ano inteiro e eu nunca vi isso, flor que dá em janeiro, em abril, em setembro, todo dia eu acordo e as duas árvores carregadas de flor roxa, e eu tenho tanta raiva, Line, das flores, do cheiro doce que parece morte de tão vivo.

Dezesseis anos. A mesma idade que eu tinha na minha primeira vez, com o André Tinta, lembra dele? Acho que nunca te contei que a primeira vez foi com ele, lá naquela festa na casa do Dilinho.

Não sei se a Maria teve tempo de ter a primeira vez dela, porque não saía daqui, só escola, balé, ela faz balé, Line, que nem você. Nunca teve namorado, nada dessas coisas de festa, bailinho, no máximo um trabalho em casa de amiga. Ela vivia socada aqui na roça comigo e eu achava que assim era bom, minha filha debaixo da minha asa. Tenho tanta raiva dela, Line, Deus me perdoe, mas o que eu mais tenho é raiva. Tenho raiva de todo mundo, de você, que foi embora sem voltar, da tia Dodora que morreu quando a vida parecia boa. A Maria era tão apegada nela, muito mais do que em mim.

Eu trabalhava no Boticário de atendente, saía de casa arrumada, batom, sombra, largava a Maria na escola e na hora do almoço buscava, a tia Dodora deixava a comida prontinha, a mesa com os pratos, um suco de fruta fresca, eu almoçava com elas e voltava pro trabalho. Quando eu chegava, umas seis da tarde, a tia Dodora já tinha dado banho, janta, a Maria de camisola sentada no sofá vendo televisão ou desenhando na mesa da cozinha. A gente viveu assim alguns anos. Primeiro eu, o tio Valter, a tia Dodora e a Maria. Depois o tio Valter morreu e a gente ficou triste, mas a vida é assim mesmo, todo mundo tem que passar tristeza pra ter alegria de novo. A Maria crescendo, ia bem na escola, só tirava A. Daí veio o câncer e a tia Dodora sofreu igual cadela.

Eu não entendo, Line, uma pessoa que não tinha maldade, só coisa boa no coração, não falava mal de ninguém, nunca vi a tia Dodora fazer fofoca, cuidou da gente igual filha, cuidou da Maria igual filha. A dor que ela sentia no final, você não pode imaginar, era morfina de dia e de noite, ela gritando de dor, dizendo que doíam os ossos, os dentes, o cabelo, pulmão, dedo, tudo. Ficou nessa agonia quase um mês e daí morreu. A Maria tinha oito anos, Line, criança de oito anos não devia passar por uma coisa dessa, porque não cura nunca mais. A Maria não saía do lado dela, pegava na mão e ficava só alisando. Nos últimos dias pediu até pra dormir na cama com a tia Dodora e eu deixei, achava que era bom ela ficar com a tia o restinho do tempo, que era um jeito de despedir e tal, mas acho que fiz mal, Line, eu faço as coisas querendo o certo, mas o caminho é sempre errado, só percebo quando passa.

A tia Dodora morreu gritando igual porco que sabe que vai morrer, não teve sossego nem no momento da morte, não suspirou fundo nem disse: ai, meu Deus. Não falou meu nome nem o seu ou o da Maria, a última coisa que ela fez na vida foi gritar. Esse grito ficou repetindo na minha cabeça por muito tempo, e deve ter ficado na cabeça da Maria também, mas eu nunca perguntei nada, porque achava que era melhor não tocar no assunto, que assim ela esquecia mais rápido. Falei pra Maria que a vida era desse jeito mesmo, que a gente tinha que tocar pra frente.

Ela virou uma criança quieta, Line, falava pouco, quase não ria, mas eu achava que ia passar, ela continuava indo bem na escola, tirava nota boa, a professora elogiava.

Oito anos só eu e ela aqui no sítio. A tia Dodora e o tio Valter deixaram um dinheirinho aplicado pros estudos da Maria. Eu não trabalhava mais, cuidava da casa, fazia as receitas que pegava na televisão, de tarde regava a horta, dava de comer pras galinhas, tava até pensando em voltar a estudar. Daí ela voou lá de cima igual um pedaço de papel, e agora quem vai ser o filho da puta que vai me dizer que a vida é assim?

*

Eu nem sei mais os dias, antes eu lembrava por conta da Maria, a escola, o balé, a novela. Agora nem ligo mais televisão, fico escutando o barulho das galinhas, uma piação dos demônios. Se você me perguntar que dia é hoje, eu não sei te dizer, tenho quase certeza que é terça-feira, porque tem um sapo gordo que vem na porta de casa toda terça de manhã. Hoje cedinho ele tava aqui, fica chamando até eu abrir, igual cachorro. Nunca vi sapo com costume de dia, Line, sapo é bicho de noite, de passeio da madrugada, e esse aqui vem de manhã cedo, é tão gordo, parece uma pedrona verde. Botei o nome de Chico. Peguei mania de catar besouro de noite e dar pra ele comer de manhã, mas ele só vem de terça. Se bem que teve um dia que acho que era domingo, um cheiro longe de churrasco, pensei que devia ser domingo ou sábado. Será que bicho cansa, Line, de ficar vivo? Será que sapo se afoga em brejo de propósito, passarinho para de bater asa com a intenção de se esborrachar no chão, galinha pia até a garganta estourar, será que besouro deita de barriga pra cima pra nunca mais conseguir voltar, será, Line?

Seis
Oito
Nove
Doze

Ilana na primeira forquilha do galho, baixo o suficiente para os pés encostarem o chão, os dedos coloridos de terra, um bicho de pé no mindinho, depois do banho uma coceirinha boa, nem vai falar para a tia Dodora, só amanhã ou depois de amanhã, quando enjoar de coçar, a pele ficando vermelha na roda do bicho.

Aline no alto da jabuticabeira, uma ou outra jabuticaba murcha, nenhuma flor, o tronco manchado de bege e marrom, feito couro de onça desbotada. Vem, Lana. Ilana responde, tá muito alto, Line, eu caio. A irmã chama de tonta e diz, é só segurar. Ilana prefere o seguro debaixo dos pés, ainda que perto do céu seja mais bonito. Aline diz que do alto dá para ver a casa do sítio, o chiqueiro, um pedaço da fazenda do seu Dito, o pomar: o pessegueiro lotado, o pé de seriguela, mexerica, abacateiro, manga. Montada na forquilha, as pontas dos dedos raspando a terra, Ilana imagina os pêssegos, as seriguelas parecendo filhotes de tomate, o pé de mexerica, os abacates trincados ao meio, a carne verde exposta no vão da rachadura. Por ter os olhos fechados, imagina também o que a vista da irmã não consegue: o tamarindeiro detrás da casa, o pé de cajá-manga do outro lado do rio, a tia Dodora na cozinha amassando pão, tirando pena de frango, pendurando linguiça, o tio Valter despejando lavagem no chiqueiro, arrancando pé de couve da horta.

Ilana abre os olhos quando a irmã chama de novo, acorda aí embaixo, tô falando que o tio Valter matou cobra, tô vendo daqui, já vai tirar o couro.

As meninas desceram da jabuticabeira e correm em direção à casa. Aline na frente, olha para trás de quando em quando para encorajar a irmã, vai, Lana, rápido. Ilana não tem pressa, tem medo de cobra, ainda que morta. Preferia que o tio Valter não tivesse matado cobra nenhuma, que as cobras todas estivessem escondidas no escuro das tocas, que nem existisse cobra no mundo, só minhoca, lagartixa, tatu-bola, mandruvá, bicho que não pica.

Tio Valter abre a barriga da cobra com o canivete, raspa a barrigada com a lâmina, um montinho melecado e pálido. A tia Dodora veste um saco na mão e recolhe, enquanto Aline diz, que nooojo. Ilana não tem nojo, mas tem medo. Da cobra morta, do couro, do coração embolado no meio da gosma, qual desses pedaços será o coração? Cobra tem coração? O tio Valter fala, é pico de jaca, cobra de peçonha brava.

O couro é marrom claro desenhado de marrom escuro, feito o tronco pelado da jabuticabeira. Ilana tem pena da cobra, mais até do que medo, pensa se a cobra tinha filhote, gente para cuidar, as cobrinhas desperdiçando veneno nas pedras, sem saber que se pica coisa viva, sangue quente. O tio Valter pendura o couro na cerca de arame para fazer a medida: um metro e sete. É filhote, diz.

O terreiro cheira a carne de cobra, cimento quente, sabão de decoada, garapa e poeira. Ilana tem vontade de chorar, não sabe se pela cobra, o cheiro do sabão esfriando no tacho, o concreto quente, o açúcar da cana coagulando no moedor. Ninguém percebe. O chão em roda do pessegueiro está coberto de pêssego podre. Tia Dodora olha e diz, judiação perder pêssego assim, Valter, apanha os que tão bom e leva na cidade com as meninas.

Até a cidade são dez minutos. Os sacos de pêssegos chacoalham na carroceria. O tio Valter segura a direção da camionete com a mão direita, o braço esquerdo para fora com um cigarro, recolhe a mão e dá uma tragada, aponta para uma árvore e diz para as meninas, ó um pé jatobá, já comeram jatobá?, tem gosto de chulé. Faz uma careta, puxando a boca e arregalando os olhos. As meninas riem e ele também. Ilana gostaria que o tio Valter fosse o pai.

A mãe vem receber no portão e dá um beijo em cada filha, Aline limpa com a lombada da mão, que exagero, mãe, não faz nem uma semana que a gente tá no sítio. Ilana não diz nada, a mãe não beija quase nunca, por isso gosta do beijo da mãe, ainda que cheire a alho-cebola e sabão em pó, queria que a mãe cheirasse a xampu caro igual à mãe da Carolina. O tio Valter descarrega os dois sacos de pêssegos e diz, os passarinhos não tão dando conta de comer, Ana. A mãe fala, bom pra fazer doce, as meninas tão dando trabalho? Trabalho nada, brincam, sobem árvore, a Aline sobe a jabuticabeira até o último galho. A irmã dá um pulo, cruzando as duas pernas no ar, em uma tentativa de encenar a habilidade descrita pelo tio. Essa aí nasceu atentada, Valter, se deixar trepa até em telhado. Ele ri e pergunta, o João chegou? E a mãe responde baixo, como se o tio Valter acabasse de tocar em nome de defunto de respeito, tá tomando banho.

Ilana vai para o quarto matar as saudades das bonecas, só a Gracinha está com ela no sítio, as outras, na prateleira: a Mara Maria, a Fofa, a Inês, a Cara de Flor. A irmã não tem boneca nenhuma, só gosta de estojinho de maquiagem, baralho, jogo de tabuleiro e Barbie. Aline tem três Barbies e Ilana acha que Barbie não é boneca, porque boneca é de fazer de filha, não tem peito, cintura de moça, boneca a gente enrola em cobertinha e dá mamadeira. A irmã gosta de brincar de desfile, veste a Barbie com uns retalhos, olha como fica moderno, Lana, você devia pedir uma de Natal. A tia Dodora e o tio Valter sempre dão o que as meninas querem de Natal. O pai fala que é frescura, na nossa época brincava com bola de sebo e só, a tia Dodora responde, são outros tempos, João, deixa eu fazer a vontade das meninas. A tia Dodora é quatro anos mais velha do que o pai, e não se parecem em nada. Ela é baixa e macia nos peitos, toda cheia de estofo, feito sofá de gente rica. O pai é alto e magro, não deve ser macio e isso Ilana não sabe, nunca abraçou o pai, mas imagina que deve ser como abraçar a trave do golzinho que o tio Valter fez no sítio. Tenta se lembrar do rosto da mãe e não consegue. De vez em quando tem isso, se esquece de como a mãe é. Lembra da voz da mãe dizendo que a irmã nasceu atentada, do cheiro de cebola colado nos dedos, pescoço, lembra da estampa do vestido que ela está usando, umas flores azuis no pano cinza. Só. Não se lembra de como é o nariz, a boca, os cabelos, se a testa franze muito quando dá bronca, as mãos, como são as mãos? Lembra das mãos da tia Dodora, os dedos curtos, dez minhoquinhas gordas, a aliança no dedo dividindo a carne em duas partes.

A mãe entra no quarto e agora ela se lembra: a boca um risco sem cor, os cabelos presos com elástico, nenhum brinco, a pele da mãe é que nem café com leite, mas desbotada, como se tivessem derrubado água sanitária e a cor de agora fosse só uma lembrança da cor de antes. Que foi, filha, nunca me viu? Tô só olhando as bonecas. Tá precisando de mais roupa?, tá fazendo frio de noite, eu lavei aquele abrigo verde, vou lá pegar. Não precisa, mãe. Mas a mãe saiu para pegar o abrigo e Ilana já se esqueceu, os cabelos, o nariz, as mãos.

A mãe volta segurando o abrigo verde, deixa em cima da cama e antes de sair diz, seu pai tá na cozinha chamando. Ilana guarda o abrigo na mochila, em seguida sai do quarto correndo: porta, corredor, seis degraus de escada, tropeça em uma ripa solta do assoalho, cai de joelhos, não chora, acaba de correr a distância que falta para a cozinha, mas não chega correndo, o pai não gosta, casa não é lugar de criança correr.

O pai está sentado de frente para o tio Valter, acabou de tomar banho, a camisa aberta, os pelos do peito ainda úmidos. A mãe passa café e na mesa tem rosca e manteiga. Ilana espera em pé, o tio Valter conta para o pai a história da cobra, um filhote de pico de jaca, João, mais de metro, enrolada do ladinho do chiqueiro, em tempo de picar as meninas. A mãe coloca a garrafa de café na mesa e diz, tá quentinho, só para dizer alguma coisa, todo mundo sabe que está quente, ela acabou de passar o café. Tio Valter diz, senta, Lana, come rosca. O pai nunca chama de Ilana, nem de Lana, também não chama a irmã de Aline, nem ninguém de filha, não diz o nem o nome da mãe, não fala: Ana, cadê minha camisa branca, Ana, torra pão, Ana, bota a janta. Diz: cadê minha camisa branca?, torra pão, bota a janta. Ilana senta na cadeira que o tio Valter puxou e o pai fala, se dirigindo à mãe, vai chamar a outra.

O pai coça a garganta com a própria garganta, fazendo um barulho de engasgo, quer que todos olhem para ele, a manteiga amolecendo na rosca, o café no copo. Ilana tem saliva na boca, mas tem medo de engolir, será que o pai dana, escuta a baba descendo a goela? O tio Valter tirou o lenço do bolso e enxuga a testa, os botões da parte de baixo da blusa quase arrebentam com o volume da barriga. A irmã brinca com os farelos de rosca que derramaram enquanto a mãe fatiava e não deve prender saliva na boca, deve engolir toda hora e nem deve pensar no pai, deve imaginar o que a tia Dodora vai fazer de janta e vai pedir uma colher de doce de leite depois e elas vão comer na varanda, os besouros de barriga para cima, Ilana tem dó e desvira, mas ainda que salve dezenas, segurando as carapaças e devolvendo as patinhas no chão, morrem trezentos, quatrocentos; quando o dia amanhece, as patas não se mexem, fileiras de besouros duros como pedregulhos, a tia Dodora varre e joga na grama e elas pisam quando brincam de pega-pega, os pés esmagando as carapaças mortas.

O pai fala. As frases são ordens, está explicando, mas é como se mandasse: no dia cinco vou viajar, fico sete meses, não quero arruaça, o Valter vai ficar de olho. Não explica o motivo da viagem e nem diz para onde. Ilana tem palpite de coisa distante, e só agora percebe que o pai está amarelo, a pele do rosto e os olhos, talvez até os cabelos.

O pai já se levantou e não comeu a rosca, o café ainda solta fumaça, bebeu um gole ou dois.

A mãe recolhe a garrafa térmica, o copo do pai, o prato de rosca. A irmã salva uma fatia, dá uma, mãe. Tem vontade de pedir metade para a irmã, assim com os olhos, levantando as duas sobrancelhas e apontando a cabeça para a rosca, Aline entenderia, mas já enfiou tudo na boca, com a ponta do indicador empurra a parte que ficou para fora, as bochechas estão enormes. A mãe guardou as fatias de rosca em um pote e entrega para o tio Valter, toma, leva pra Dodora. E Ilana se alegra porque vai comer rosca com manteiga, ainda que o pai esteja doente dos olhos e da pele, ainda que não volte nunca mais. E se não voltar nunca mais, pode fazer o tio Valter de pai, morar para sempre no sítio, ver a mãe nas férias, o avesso da vida de hoje e deve ser bom viver o pano do outro lado.

As janelas da camionete estão completamente abertas, o ar está encharcado de uma chuva que ainda não caiu e Ilana sente frio, ainda assim não diz nada, é bom o vento nos braços, o cheiro longe da chuva. O tio Valter fala, deve tá a maior água pros lados do Pirequê, e Ilana queria estar agora no Pirequê, ainda que não saiba bem onde fica. Queria estar no terreiro encharcada da chuva, os pés enterrados na areia enlameada, o céu de tempestade, de repente rebenta um trovão e ela nem vai ter medo, não vai ter medo de nada, nem de cobra, coração de cobra, de respirar perto do pai, nem vai mais fazer xixi na cama e ela fez anteontem no sítio, uma roda amarela no lençol, a irmã riu e chamou de mijona, a tia Dodora danou com Aline e disse para Ilana: tudo bem, meu anjo, tudo bem.

A tia Dodora fez sopa de mandioca com linguiça, e do prato de Ilana sobe uma fumaça, a irmã toma a sopa puxando com a boca, um barulho de ralo sugando água. Não vai comer, Lana? Responde para a tia, é que tá quente, e a tia se levanta do seu lugar para assoprar, alterna um sopro e um sorriso, gotas de saliva chovem no prato.

Aline dorme e Ilana não tem sono, sente sede, mas não quer fazer xixi na cama, tudo bem, meu anjo, tudo bem. Decide se levantar, mas é tarde e ela tem medo, agora não tem barulho de gente, a tia Dodora não vai estar cantando Chalana enquanto mói a carne da linguiça, o tio Valter não vai estar dando de comer para as galinhas, pi, pi, pi, pi, pi, pi. Agora é só os sapos e os besouros desesperados, sacudindo as pernas para a luz que está apagada e, quando rebentar o dia, as patinhas duras, será que as pernas param de mexer de repente ou vão parando devagarinho, igual boneca de pilha fraca? Ela tinha uma, a tia Dodora deu no aniversário de seis ou sete, a boneca dizia: mamãe, me dá um abraço, mamãe, me dá um abraço. Uma vez pediu para a mãe, assim, arremedando a boneca: mamãe, me dá um abraço, e a mãe lavando banheiro, um cheiro de desinfetante e mijo. Que mané abraço, menina. Depois a pilha da boneca ficou fraca e ela não dizia mais: mamãe, me dá um abraço, falava, maamãããee, mee daaá um abraaaçooo, e no fim de tudo nem acabava a frase e não era voz de filhinha, parecia o diabo.

Sai do quarto sem fazer barulho, tem medo dos tios danarem, mas não danam nunca, ainda assim tem medo, igual cobra morta que ela sabe que não pica. O quarto dos tios está fechado e ela não quer ouvir o barulho que escutou na véspera do ano novo, ela e a irmã dormindo no sítio, dia seguinte todo mundo ia para lá, pernil assado com abacaxi, um doce bonito de chocolate que a tia Dodora viu a receita na televisão, parecia pudim, quando a gente abria a geladeira dava uma tremidinha, e a tia colocou um ramo com rosinha amarela, coisa de revista. Era véspera do ano novo e Ilana não conseguia dormir, o doce pronto na geladeira, queria ver mais uma vez, fechava os olhos e não se lembrava direito, a cor do chocolate, a rosinha virada para que lado, será que tinha murchado? Decidiu que precisava ver o doce, quando passou pelo corredor, a porta do quarto dos tios fechada, ouviu o gemido da tia, pensou que o tio Valter podia estar judiando, mas não, o tio não era disso. Era barulho de gato de safadeza. Uma vez a mãe despejou água quente em dois cachorros de bunda colada, ferveu água no balde de alumínio e jogou. O cachorro branco correu ganindo, a fêmea não conseguiu correr, deitou no chão, a bunda e as patas eram só sangue e o Seu Clóvis da casa da frente falou que era maldade do inferno, judiar de bicho sem inteligência, disse que a mãe era gente ruim. Depois de mandar o seu Clóvis para a puta que pariu, vai cuidar da tua vida, velho à toa, a mãe socorreu a cadela, enrolou em pano, cuidou da carne chamuscada, passou arnica, deu leite na boca, ainda assim a cachorra morreu, dois dias depois, nem deu tempo de batizar nome e Ilana queria

Flor, vem, Flor, vem, e vai ver a cadela ia mancar para sempre, o pelo escaldado não ia crescer nunca, as vergonhas para fora, e não deixava mais macho nenhum montar, teria aprendido.

Não quer ouvir o gemido da tia, igual ao dia do doce, anda devagarinho, arrastando as meias no cimento vermelho. Vai tomar só um golinho de água para a bexiga não encher e depois volta a dormir. A mãe diz que criança tem que dormir para crescer e ela não quer crescer nunca, nem voltar para casa, o pai com duas gemas aguadas nos olhos, está indo para onde?, será que volta?, será que está doente? De repente morre.

*

Se eu não tivesse pensado em abortar, ela ainda tava aqui comigo? Você acha que bebê sente, hein, Line, que sabe mesmo sem saber que a gente não queria ele? Você acha que a Maria sentiu que eu enjeitei ela no começo? Mas foi só na barriga e bem no comecinho, juro pra você. Depois eu olhava pra ela e tinha tanto amor, tanto, que parecia que eu ia sufocar. Quando ela era bebezinha, toda vez que eu dava o peito, falava: a mãe te ama, Maria. Depois que ela começou a entender, eu parei, fiquei com vergonha.

A tia Dodora dizia o tempo inteiro, pra Maria, pra mim. E toda vez que ela falava eu te amo pra Maria, nascia um medo dentro de mim, sei lá por que, eu devia gostar que a tia tratasse ela igual filha, e eu gostava, juro pra você que gostava, mas tinha uma outra coisa que era medo, porque eu nunca dei conta de ser mãe dela, a verdade é que não consegui, e quando a tia Dodora morreu, ela ficou sem mãe.

Eu não quis levar a Maria no velório, fiquei com medo dela pegar trauma de ver a tia estendida no caixão, branca que nem cera de vela. Lembro direitinho do dia, ela insistiu que queria ir comigo e eu não deixei, a Cleidinha ainda falou pra ela: guarda a lembrança da sua tia viva, Maria, pior coisa é ver parente em caixão.

Uns dias depois do enterro, a Maria já começou a mudar o jeito que ela era, não comia quase nada, só um copo de leite de manhã cedo e na hora do almoço dizia que não tinha fome. Ela ficava quieta muito tempo, olhando pro terreiro. Chegava final de semana e eu chamava pra ir na cidade, chupar um sorvete, comer uma pizza, mas ela nunca que queria. Parou de ver desenho na televisão, passava a tarde de sábado deitada de barriga pra baixo no terreiro, olhando as formigas.

A Cleidinha vinha aqui todo fim de semana, ficava preocupada com a gente. Foi ela que falou pra eu levar a Maria em psicólogo, essas coisas. No dia seguinte marquei horário com uma que a Cleidinha conhecia. A moça fez cinco consultas com a Maria, eu não podia entrar, ficava na salinha vendo revista. Quando dava uma hora certinho no relógio, a Maria saía lá de dentro e a gente ia embora, eu perguntava, o que você fez lá, filha? Ela respondia que tinha brincado, jogado jogo, desenhado de giz de cera. Quando foi na quinta vez, a Maria saiu e a psicóloga disse que queria falar comigo, deu um quebra-cabeça pra Maria montar e pediu pra a secretária ficar de olho nela enquanto a gente conversava. Entrei na sala e só o que tinha era brinquedo, boneca, jogo, essas coisas. A moça me olhava como se quisesse ver dentro de mim, me deu um medo dela saber de tudo que passava na minha cabeça, de todas as coisas que eu já pensei na vida. Ela começou perguntando da gravidez da Maria, mas essa gente não pergunta assim como foi a gravidez, perguntam das condições da gestação. Acho tão engraçado, Line, isso de dar nome diferente pra coisa que já tem nome. Eu falei que foi normal, que não tive enjoo, só um pouco de sono no começo, azia no final. Ela disse que não era isso que queria saber, queria saber se foi uma gravidez desejada, se eu planejei a gravidez junto com o pai da criança. Eu falei pra ela que a Maria não tinha pai, que nunca teve. Sabe o que ela me falou, Line? Que também não teve mãe, que a tia foi o que ela teve mais próximo de mãe, por isso a menina estava sofrendo. Eu fiquei tão surpresa dela dizer isso na minha cara, que eu nem falei nada, respondi ã-hã, prendendo o choro dentro da garganta. Ela continuou dizendo um negócio de papel materno e outras coisas com esses nomes e eu fazia ã-hã, ã-hã, sem parar, porque se parasse, eu chorava. Até achei que fosse tudo bem chorar, porque do lado da poltrona tinha uma caixa de lenço de papel, mas se começasse a chorar naquela hora, eu não parava nunca mais. A psicóloga falou que eu precisava ser mais presente e tal, eu queria ter falado pra ela: mas eu nem trabalhar trabalho, o dia inteiro tomo conta dela, faço bolo de amendoim, bolinho de arroz, tudo que ela gosta. Mas eu não consegui, Line, nessas horas minha língua trava e o único som que eu consigo fazer é ã-hã, porque é um barulho que vem da garganta e não da boca. Eu devia ter perguntado pra psicóloga o que eu podia fazer, o que eu devia falar pra minha filha.

Eu sou burra, Line, burra, burra, burra, porque se eu tivesse perguntado, minha filha não tinha se arrebentado toda. Eu podia ter falado: olha, Maria, eu sei que a vida não é fácil, mas você tem mãe, eu sou sua mãe. Podia até ter contado pra ela do pai olhando a gente e dizer que eu sabia o que era sofrimento, mas que o importante na vida é não morrer nunca, dar um jeito de ficar viva.

Cristo rei, tanta coisa eu podia ter falado, mas não, dentro de mim, um silêncio. Acho que eu sou feita de uma carne que não fala, nem meu estômago ronca, Line, juro pra você que nunca na vida o meu estômago roncou. As minhas costas nunca estralaram, nem quando acordo depois de dormir muitas horas, e eu durmo muitas horas quase todo dia.

*

No primeiro Natal depois da morte da tia Dodora, a Cleidinha chamou eu e a Maria pra passar na casa dela, iam uns parentes de Bebedouro e tal, churrasco e não sei mais o quê. Mas eu achei que era melhor não, era muita gente e eu não sabia como a Maria ia ficar, achei que ia ser melhor só nós duas no sítio. Montei a árvore do jeitinho que a tia Dodora fazia, as bolinhas de algodão fazendo de neve, as caixas de remédio embrulhadas na chita fazendo de conta de presente. Armei o presépio, plantei arroz no pires um mês antes pra fazer de capim, coloquei os três reis magos no caminho, a cada dia falava pra Maria botar um pouco mais perto do menino Jesus. Assei uma perna de pernil, só eu e ela, mesmo assim achei que era bom fazer pernil, fingir que era um Natal normal. Fiz arroz temperado, botei milho, uva passa e tudo, um pudim de leite cheio de furinho, do jeito que ela gostava. Comprei uma boneca que bebia mamadeira de água e fazia xixi, vinha até com fraldinha. Nesse dia a Maria ficou alegre, cantou música de Natal, eu até tomei um copinho de licor de murici, fiquei pensando que a vida podia ser boa, eu e ela ali no sítio, a Maria ia crescer, estudar, fazer uma faculdade, casar com um moço bom de fora, me levava pra morar com ela em outro lugar, uma cidade que tivesse vento, que a gente pudesse usar casaco de vez em quando, de repente até tivesse neve. Eu tava pensando nessas coisas todas quando a Maria disse: agora eu vou abrir o presente que o Papai Noel deixou.

Quando ela falou Papai Noel, eu lembrei, Line. No dia que a gente voltava do médico que contou do câncer da tia Dodora, a Maria disse que ia pedir para o Papai Noel um urso de pelúcia e eu nem lembrava mais. Ela abriu o pacote vermelho e quando viu a boneca, perguntou: é pra mim? Acho que ela tinha esperança de eu dizer, não, Maria, o seu é outro, peraí que eu vou pegar, é um urso marrom bem fofinho que você pode chamar de Ted ou de Pufe. Na hora a raiva que ela sentiu deve ter sido do Papai Noel, dele ter trocado o presente dela com o de outra criança. Mas eu fico pensando depois, Line, quando ela descobriu que não existia nada dessas coisas de Papai Noel, quando ela soube que fui eu, a mãe dela, que fui eu que comprei o presente errado.

Seis
Oito
Nove
Doze
Dezesseis

Levanta, Lana, é hoje. Ilana ainda deitada, olha para a irmã, que já está em pé, e faz, ã-hã, ao mesmo tempo em que sorri. Ainda bem que não fez xixi, deve dar um azar danado isso de mijar na cama no dia do aniversário. Aline diz: parabéns, Lana, e ela responde: parabéns também, Line. Ilana tem vontade de abraçar a irmã, de dizer feliz aniversário perto da orelha, contar que está feliz de fazer nove anos e que tomara o pai não volte, é pecado, mas é bom, desejar que ele não volte nunca mais. Faz tanto tempo que parece que ele nunca esteve, ainda assim a lembrança é viva, feito um fogo que a gente acha que apagou, mas não. Tem vontade de perguntar para mãe: ele não volta nunca mais, né, mãe?, mas tem medo de que ela tenha se esquecido e de repente se lembre, Cristo rei, eu tenho um marido, por onde ele anda?

Aline já saiu do quarto e Ilana arruma a cama. Dobra o lençol e estica a colcha. Arruma também a da irmã e quando ela disser, ah, obrigada, você estendeu minha cama, vai responder: presente de aniversário.

Ilana desce as escadas e escuta a mãe dizer para a irmã, vou fazer estrogonofe, a Dodora e o Valter vão almoçar aqui. Entra na cozinha e recebe um abraço da mãe: parabéns, filha, e deve ter dito isso também para a irmã.

A mãe conta a mesma história todos os anos: no dia que vocês nasceram, fazia um calor do capeta, e olha que era primavera. Conta que primeiro foi Aline, às três e quarenta e alguma coisa da tarde, e tinha nome, se chamaria Aline, se fosse menina, e era. Ilana não tinha nome, porque nem era para existir, o médico não falou que eram dois bebês. Quando a dor não passava, e a vontade de fazer força, toda força do universo, botar para fora útero, rim, placenta, o médico riu e disse, tem mais um, mãezinha, e ela empurrou, uma dor, mas uma dor. Escutam a mesma história todo ano, a mãe dizendo muitas vezes, uma dor, mas uma dor. Conta que empurrou tanto que saiu a filha sem nome, placenta e o útero ia saindo junto, uma sangueira danada. O médico falando uma coisa que parecia um código de emergência, e não falava mais mãezinha isso, mãezinha aquilo, gritava e tinha a roupa toda pintada de sangue. A mãe termina a história dizendo: quase que vocês ficam órfãs de mãe. Ilana pensa que se a mãe tivesse morrido, o pai teria ido embora para sempre, casava com uma moça chamada Luana ou Jéssica ou Sandra, não voltava nunca mais.

Aline bebe o leite em três goladas, enfia a mão no fundo copo para alcançar a borra do chocolate, chupa os dedos. O leite de Ilana está quente, uma camada de nata esticada sobre a superfície, feito a colcha da cama que ela acabou de estender. Vão, filhas, sete e quinze já.

Recebem quatro parabéns na escola: a Moira, a Cleidinha, o Jonas e a Luana. Encontram a Carolina e ela pergunta, meninas, vocês fizeram a lição de matemática?, não dá parabéns, porque não sabe que fazem aniversário. Aline diz, é meu aniversário hoje. Não diz, é nosso, porque certeza de que a irmã queria ter um aniversário só para ela, um bolo só dela, ninguém para soprar a vela junto. Ilana queria. Carolina diz, parabéns, Line, e em seguida, parabéns, Lana.

A professora fala sobre o dia da árvore. Pede que todo mundo desenhe uma árvore com caule, folha, raiz e fruta. A Cleidinha pergunta se precisa mesmo ter fruta, porque nem toda árvore tem fruta. A professora não responde, só diz, façam um desenho bem bonito que vai ficar na exposição. Ainda bem que o pai foi embora. O pai nunca foi na exposição, só a mãe, e todo mundo ficava perguntando, cadê seu pai, cadê seu pai? Mas só para Ilana, porque se perguntassem para Aline, ela responderia com deboche que o pai foi atropelado por um caminhão de leite ou que está no Pantanal caçando sucuri de canivete. Mas quando perguntavam para Ilana: cadê seu pai?, ela olhava para baixo, uma ou duas lágrimas pingando nos tênis desencardido pela mãe especialmente para a exposição.

Agora que o pai foi embora, nenhuma criança vai perguntar, as mães devem ter proibido, todo mundo tem pena das gêmeas abandonadas pelo pai. Uns dizem que ele foi embora para Minas Gerais com uma moça chamada Melissa, que trabalhava de garçonete no Deriva Lanches. Outros contam que matou um homem do Cerradinho, chamado Claudião Bomba, e que saiu fugido para um lugar longe que pode até ser outro país, de repente Paraguai.

Ou que não matou um homem, mas uma mulher, a que se chamava Melissa, que estava grávida de três meses, que ele chutou tanto a cabeça dela, a barriga e as pernas que arrebentou tudo, cérebro, pulmão, fígado, filho.

Ilana torce para que seja tudo verdade: que tenha matado um homem, uma mulher, um bebê de barriga, porque assim, com muita maldade, o pai vai ser preso e não sai da cadeia nunca mais. Melhor ainda é se tiverem matado ele, chutado barriga, pernas, cabeça, arrebentado tudo, porque assim, morrendo muito, não volta nunca mais.

Ilana desenha um chão verde e o tronco da árvore são duas linhas retas e paralelas, não tem lápis marrom, fez com o preto. A copa é verde clara e não queria desenhar fruta nenhuma, gosta das coisas que morrem sem fruta. A tia Dodora fala que quando a gente morre deixando filho, a gente não morre de verdade, uma parte continua existindo. Quando morrer, Ilana quer morrer de verdade.

A professora passa ao lado da carteira de Ilana e fala, desenha umas frutinhas, maçã, caju, umas perinhas amarelas. Ilana concorda, ã-hã, e tem vontade de chorar, a professora nem percebe, e se percebe, finge que não, deve pensar: coitada, o pai abandonou e não tem nem lápis marrom, o estojo é só uma bolsinha de zíper arrebentado, a borracha partida com a faca, uma metade para cada irmã.

Agora a professora está na carteira da Carolina e diz, que desenho lindo, e é um ipê de flores amarelas e ameixas gordas pintadas de lápis violeta. O estojo da Carolina tem um botão que faz subir a tampa, os lápis se levantam da base, feito defuntos ressuscitados. Aline fez um coqueiro, desenhou morangos pendurados e um chão de grama, o tronco é marrom, ela não perdeu o lápis dela, e se Ilana tivesse coragem, diria à irmã, me empresta o marrom, Line? Mas ela não consegue, mesmo Aline estando na carteira ao lado da sua, porque teria que dizer bem alto, todo mundo está conversando e a professora está alegre, passa de carteira em carteira, elogiando mangueiras, abacateiros, árvores de folhas pontudas carregadas de maçãs.

Voltam para casa falando da exposição e Aline nem parece se lembrar de que fazem aniversário. Ilana sim. Não tem sol nenhum, mas o ar é quente. Ilana fecha os olhos e faz um pedido de aniversário: que o pai nunca volte. Os olhos fechados por três segundos a fazem tropeçar no cimento arrebentado da calçada, bate os joelhos no chão, as duas mãos projetadas por reflexo para proteger o corpo, o caderno voa para o meio da rua, o estojo sem zíper golfa os lápis todos, inclusive o marrom que estava lá e ela não tinha visto, a fatia da borracha, o filhote de lápis grafite número 2, a caneta bic sem tampa que a professora ainda não deixa usar. Aline pergunta aflita, machucou, Lana, machucou? A calça rasgou na queda, a carne magoada dos joelhos, sangue, fragmentos de asfalto, fiapos de moletom azul.

Ilana chega em casa amparada pela irmã e a mãe diz, que aconteceu, filha?, e nenhuma das duas sabe se está se dirigindo à Aline (o que houve com sua irmã?) ou à Ilana (o que houve com você?). Quem responde é Aline, explicando para a mãe que a irmã caiu no meio da rua, um tropicão feio, mãe, na frente da borracharia do seu Manoel, ele viu o tombo e trouxe a gente aqui de carro. A mãe diz, ai, filha. E Ilana não sabe se a mãe disse ai por causa dos joelhos esfolados ou se porque o seu Manoel da borracharia gosta de bolinar menina nova. Semana passada falaram de um caso, uma menina de oito anos, um dentista de fora que veio na cidade fazer não sei o quê, o pneu do carro arrebentou e ele deixou na borracharia para consertar, quando voltou, viu o borracheiro com a menina sentada no colo, ele apertava o lugar onde um dia serão os peitinhos e ela chupava um pirulito, a baba rosa escorrendo dos cantos da boca. E o dentista fez um escândalo, saiu na rua gritando uma palavra que ali ninguém conhecia, mas souberam na hora o que queria dizer: pedófilo, pedófilo, pedófilo. A polícia veio porque o dentista gritava muito e ninguém gosta de quem grita muito em uma cidade quente do interior, em tudo deve ser feito em silêncio, até mesmo apalpar os peitos de uma menina sem peito nenhum.

A mãe fala, vem tomar banho, filha, precisa lavar com bucha. Ilana não diz nada, só segue a mãe até o banheiro, enquanto Aline diz, que aflição lavar machucado com bucha, ainda mais no aniversário. Ilana tinha se esquecido de que era aniversário, a vergonha do tombo, a dor nos joelhos, a brasília marrom do seu Manoel. Ela sabia, a cidade inteira sabia o que ele fazia na oficina muito antes de o dentista gritar o nome que ninguém conhecia, mas que todo mundo entendeu. Ilana não queria a carona, apertou a mão da irmã sem dizer nada e Aline disse, sussurrando, como é que você vai andar, Lana, arrebentada assim, e o seu Vando da farmácia viu as meninas entrando no carro e não gritou: pedófilo, pedófilo. Só gente de fora grita assim. O carro cheirava a jornal molhado, chulé e ferrugem, no retrovisor, uma fita laranja do Senhor do Bonfim. Vai na frente, menina, por causa dos joelhos, foi o que disse o seu Manoel, e ele falava de um jeito engraçado, como se guardasse um ovo na boca ou tivesse extraído quatro dentes de uma vez só. Ilana entrou e a irmã já estava atrás. Antes de dar partida no carro, seu Manoel empurrou com o dedo indicador a fita cassete projetada para fora, começou a tocar uma música bonita e triste e Ilana se espantou como uma coisa podia ser tão bonita e tão triste ao mesmo tempo e só era bonita porque era triste demais. A cantora dizia: tu tens na vida que amar, cantava parecendo quase chorar. Ilana sentiu vontade de chorar também, seu Manoel olhou com o rabo do olho direito e disse, eu sei, filha, eu sei.

Está debaixo do chuveiro e a mãe franziu a cortina do box para esfregar os joelhos, Ilana observa a mãe, que é bonita e triste, feito a música, a raiz dos cabelos é branca, mas não igual vestido de noiva, branca de um jeito encardido, ralou feio esse aqui, hein, filha?

Ilana e Aline na mesa de almoço, a mãe diz que tia Dodora tinha uma consulta no posto às nove horas, deve ter atrasado. Aline fala que está morrendo de fome, a mãe termina de fritar as batatas. Um barulho no portão e a mãe fala, chegaram, enquanto tira a última escumadeira do óleo fervente.

Não é a tia Dodora nem o tio Valter. Quem chega é o pai com uma bolsa de couro no ombro e uns olhos de quem foi para não voltar, mas voltou. A mãe deixa a travessa escorregar, as batatas caem, untando de óleo o chão da cozinha ladrilhado de azul, cinza, azul, cinza. A mãe se apressa em recolher as batatas, dizendo, depois eu passo um desengordurante no chão. Ninguém diz nada, só a mãe, que fala como se o pai não tivesse chegado depois de quase um ano ou como se não tivesse ido embora nunca, fiz estrogonofe, tá bem gostoso, peguei a receita na televisão.

As meninas olham para baixo e por isso não veem que a pele do pai escureceu feito casca de árvore submetida ao fogo, os cabelos embranqueceram nas têmporas e há flocos de pelos saindo das orelhas. A mãe se apressa em servir o pai, enche o prato de arroz, despeja estrogonofe por cima, pega uma porção de batatas com a mão, limpa os dedos na roda do vestido.

O pai come no mesmo silêncio em que entrou e ainda não falou palavra. Ilana torce para que ele abra a boca e saia outra voz, e a mãe poderia dizer: peraí, esse não é o meu marido não, é um desconhecido, e mande embora de casa gritando, que que você tá pensando, comendo da minha comida, estragando o aniversário das minhas filhas, empesteando a casa com esse cheiro. O pai tem um cheiro que Ilana não consegue dizer: couro, sal, roupa que secou dentro de casa, suor de febre e uma coisa doce que parece cana ou goiaba madura demais.

De novo barulho no portão, e agora sim, o tio Valter e a tia Dodora chegam cantando parabéns. A tia Dodora com dois embrulhos debaixo do braço, um azul e outro vermelho, demora alguns segundos para entender a cena, o pai sentado comendo a montanha de comida de cabeça baixa. A tia Dodora, diz: ué, João, e é uma mistura de espanto e pergunta, o pai levanta os olhos e não diz nada. A tia Dodora se esquece de dar os presentes, senta com os pacotes embaixo do braço. Só quando um deles cai no chão é que se lembra, olha aqui o que eu trouxe, estendendo o pacote azul para Ilana e o vermelho para Aline. As meninas agradecem bem baixinho e estão tão assustadas que nunca pareceram tão gêmeas, como se retorno do pai que era para estar morto, matando cobra, gente, bebê ainda na barriga, encerrasse qualquer diferença entre elas.

*

Eu nunca contei pra ela que o Jane era o pai. Ela nunca perguntou. Era o tio Valter que sempre ia na festinha de dia dos pais da escola. Uma vez, a coleguinha ouviu ela chamando ele de tio, daí perguntou por que ela não chamava o pai de pai e ela respondeu que não chamava de pai, porque não era pai, era tio. Ela tinha um jeito de entender as coisas, Line. Se não tinha pai, não tinha e pronto.

O Jane casou com uma médica de fora, do Mato Grosso, teve duas filhas. Nunca coloquei no pau, nunca pedi um real pra comprar um litro de leite. Quando a Maria fez sete anos, fui falar com ele, a tia Dodora disse que criança dessa idade precisava ter pai, o tio Valter tinha morrido fazia pouco tempo. A Cleidinha me deu o endereço, uma casa boa lá no Jardim do Vertoni. Quem me atendeu foi a empregada, me olhou bem, ficou na dúvida se me mandava entrar pela porta da cozinha ou da sala. Eu quase não tenho roupa, Line, o que posso comprar é pra Maria, pra ela compro sapatilha, tiara de cabelo, sucrilhos, borracha em forma de coração, cartela de adesivo. A patroa deve ter dado ordem sobre quem entra pela porta da cozinha e quem entra pela sala e eu ali, esmalte descascado, blusa manchada de cândida, sandália com a correia quase arrebentando. Na dúvida, a empregada me mandou esperar. Disse assim, espera um minutinho, e quem voltou dez segundos depois foi o Jane, uma das filhas atrás dele, uma menininha a cara da Maria, uns três anos mais nova que ela. Acho que ele não me reconheceu na hora. Perguntou o que eu queria e eu falei, não tá me conhecendo, Jane? Ele fechou a cara na hora, disse que tava ocupado, a filha puxando ele pela calça, papai, é sua vez de jogar. Ele pegou a menina no colo, deu um beijo na testa e pediu pra ela esperar lá dentro. Falei que precisava conversar, que a filha, não a que ele beijava, mas a que ele nem conhecia, precisava dele. Ele me mandou entrar, olhando pros lados da rua, pra ter certeza de que ninguém tinha visto. Nossa, Line, você precisava ver, era igual casa de novela, parecia de mentira de tão chique, até bolo em boleira de cristal, com pau de canela enfeitando, fiquei com vontade de pinicar o bolo pra ver o gosto de nada que devia ter. Ele fez um sinal chispa com a mão pra empregada sair e percebeu que eu tava admirada com a riqueza da casa. Daí começou a falar dos lustres, dizia: olha esses lustres, tudo cristal, olhava pra bancada da pia e falava: isso aqui não é porcaria de granito não, é mármore. Ele nem quis saber da Maria, disse que tinha duas filhas e que não dava conta de criar três.

Ontem ele apareceu aqui no sítio. Veio andando da cidade, fedendo suor, cachaça, cigarro, chegou chorando feito criança me pedindo para contar dela. Tive vontade de escorraçar ele daqui, mandar pra puta que pariu, xingar de filho da puta, desgraçado. Não falei nada, só perguntei se ele queria um gole de café.

*

Escutei o barulho dela de madrugada. Achei que fosse grilo, coruja, bicho da noite. Era ela. Fiquei na cama bem quieta, só escutando. Era o barulho que ela fazia quando chupava chupeta, um som de sugar, seguido de uma fungadinha. Minha filha ali comigo e era bebê de novo. Quando amanheceu o dia, do lado que ela dormiu tinha uma marca no lençol, juro pra você que tinha um afundado na cama do tamanho de duas réguas de escola.

*

Agora o sapo vem todo dia. Te falei que botei nome de Chico? Vem de manhã cedo, às vezes de tarde, semana passada chegou de madrugada e só parou de gritar quando abri a porta. Ele é triste, Line, um sapo triste. Não tem mãe, por isso vem aqui. Ele acha que posso ser a mãe dele. Eu não consigo.

*

Eu nem arrumo mais cama. Não troco lençol nem quando fede muito, comida não faço, só passo café cedo. Eu cozinhava pra ela, Line, de manhã já assava rosca, punha feijão de molho, torrava amendoim. Ela era tão magrinha. Passava o dia com um pedaço de pão, quase nada de manteiga, um fundo de leite puro, sem café, chocolate, nada. Quando ela botava a mochila da escola nas costas, o corpo até envergava. Queria que ela fosse forte igual você, que não envergava com nada, nem com mochila, nem com a cinta do pai.

Você tem filho aí nesse fim de mundo que você tá, Line? Espero que não. Deve ser bom não ser mãe, ter coração só pra gente. Porque se o filho morre, o coração não volta a ser da gente, ninguém deixa de ser mãe quando o filho morre. Mãe de filho morto é mais mãe.

Oito
Nove
Doze
Dezesseis
Dezoito

A Moira pergunta se é ele e Ilana responde, não. Também não é ela, nem ela, nem ele. Moira dá o sinal, apertando os olhos de Ilana, e pergunta de novo. Sim, é ele. Nem precisa abrir os olhos para saber que é o Jonas, filho da Dita. Um bando de adolescentes grita, êeeee, marmelada, marmelada, beija, beija, beija, formando uma roda. Jonas com os polegares enganchados no passa-cinto da calça jeans, uma perna um pouco à frente da outra, formando um leve declive no quadril, os cabelos brilhando a gel fixador, a gola da camisa de flanela aberta em dois botões, um crucifixo dourado. Ilana quer ir, mas tem medo. A irmã disse para treinar no copo com cereja, espicha bem a língua, Lana, que nem se fosse uma cobra, e ela tem tanto medo de cobra que não gosta de imaginar que é cobra, pensa que não dá para isso, de beijar na boca. Não fala nada, faz, ã-hã, quando a irmã diz, é beeeem fácil, só não pode bater o dente, não deixa bater o dente de jeito nenhum.

Jonas desenganchou os polegares da calça, segura a nuca de Ilana como as duas mãos, a língua é dura e úmida, parece folha de babosa. Jonas movimenta a língua de forma rápida e mecânica, como um telescópio de submarino. A cereja, ele está procurando a cereja, precisa lembrar de procurar também. A tia Dodora diz que cereja na verdade é chuchu e ela acha que não, porque chuchu não tem gosto de nada e cereja tem. É aniversário da Luana Freitas e ela é rica, não sabe se bolo de gente rica tem cereja, tomara que sim.

A mãe da Luana chama para cantar parabéns e o beijo acabou faz tempo. A Moira perguntou se ela gostou, gostou, Lana?, e ela fez, ã-hã, e Aline disse, não me fala que você bateu o dente, Ilana riu e fez não com a cabeça, e a irmã falou, graças a Deus. Ela achou que beijar fosse diferente, que fosse mole, mas é duro e meio áspero. O cheiro do perfume do Jonas enjoou um pouco e agora ela tem vontade de vomitar, mas não dá para ir ao banheiro, o parabéns começou, a luz apagada, nem sabe onde é o banheiro, nunca veio nessa casa antes, não é muito amiga da Luana, ela deve ter sido convidada por causa da irmã, a mãe da Luana deve ter dito, é chato convidar uma e não convidar a outra. Poderia perguntar para Aline onde é o banheiro, ela já veio na casa da Luana várias vezes, mas a irmã está gritando: é com Flavinho, é com Flavinho, é com Flavinho que a Luana vai casar, em um tom mais alto do que o de todo mundo, e Ilana não canta, só bate palmas. O Flavinho é filho do dono da usina e ela acha que devia ser proibido isso de gente rica casar com gente rica, ter lei, essas coisas.

Agora que saíram da frente, ela vê o bolo, dezenas de cerejas formando o nome da aniversariante.

Então ela sabe que cereja é de gente rica e por isso mesmo não pode ser feita de chuchu, que é de gente pobre. Não tem vontade de bolo, ainda assim fica na fila, um monte de cereja desse jeito ela nunca viu, de repente não vê nunca mais, vai saber se essa gente não descobre que é mesmo chuchu e deixam de usar.

A mãe da Luana pergunta: gosta de cereja, filha?, ã-hã, e coloca uma em cima da fatia de bolo. Ilana tem vontade de pegar as duas que rolaram na toalha branca, uma delas um pouco esmagada por um cotovelo ou um braço.

O bolo é de chocolate e tem uma cobertura branca que é ruim, tem gosto de açúcar e manteiga, e ela come mesmo assim, o estômago embrulhado, bebe um gole da Coca-Cola, aperta demais o copo que racha, vazando na blusa e na saia preta. A Moira pega um monte de guardanapo e a Aline ajuda a secar. A irmã diz para Ilana em tom de consolo, ainda bem que a roupa é preta, não dá nem pra ver. A blusa grudou no corpo por causa do açúcar da Coca-Cola e caiu um pouco no cabelo.

Agora ela já não tem vontade de vomitar, a cereja rolou do prato e ela não viu para onde foi, estava deixando para o final, depois que comesse o bolo, o recheio, a cobertura que era pura manteiga. Olha para o chão e vê, debaixo da cadeira do Jonas que conversa com o Gordo, o Jonas conta uma história e o Gordo ri, sacudindo a barriga, as bochechas, os braços, decerto comeu umas vinte cerejas porque agora não tem mais nenhuma no bolo, a mãe da Luana deve ter perguntando, gosta de cereja, filho?, e o Gordo respondendo, gosto sim, tia, pode botar umas dez.

O pai mandou estar às nove em casa e são quase nove. Ilana falou tchau para todo mundo e Aline ainda não, dá um beijo em cada convidado, vamos, Line, quase nove. Aline abraça a Luana e diz, adorei, amiga, estava demais sua festa, e a amiga diz, vem aqui amanhã ver os presentes. Ilana lembra que deram uma caixa de bombons e sente vergonha, a mãe comprou da mais barata, todo mundo sabe que está 1,39 no supermercado Estrela Dalva, o carro de som está anunciando na cidade.

Três quarteirões separam a festa da casa delas, do pai que deve estar na cozinha de olho no relógio, eu mandei chegar nove, nove não é nove e cinco. Será que vai bater?, ele nunca mais bateu, cinta, chinelo, nada, nada, nem tapa, mas agora tem a outra coisa e Ilana não sabe se era melhor bater, não entende direito o que acontece, e se tivesse coragem, falava para a irmã. Não, nunca que ia falar uma barbaridade dessas, nem tem certeza. Quando for confessar, antes de fazer a primeira comunhão, ela não vai falar nada disso, só vai falar: briguei com minha irmã, tive inveja, respondi pra mãe, pro pai, e é mentira, porque ela não responde nunca. Quando o pai fala, ela fica quieta que nem se fosse muda, só a irmã responde, e ainda que Ilana não diga nada, apanha de cinta junto com Aline. Mas isso antes, depois da mão dentro dos shorts, ele não bate mais.

Não é o pai quem está na cozinha, mas a mãe. O relógio na parede marca nove e oito, quase nove e dez, e a mãe tem pressa em dizer: o pai tá jogando truco no bar do Dico. Ilana sente uma alegria de repente, e justo por ser de repente, sem anúncio, não consegue controlar o choro. A mãe pergunta, que que foi, filha?, que que foi?, e quem responde é Aline: é porque ela deixou cair Coca-Cola na roupa, mãe, ficou com vergonha. A mãe despeja uma colher de açúcar em um copo de água, entrega para Ilana e pergunta, desfizeram de você lá, filha?, hein?, essa gente riu porque você derramou coisa na roupa? Aline se apressa em dizer, claro que não, mãe, a Lana tá louca de chorar assim do nada. Ilana para de chorar, termina de beber a água com açúcar, bota o copo na pia, não é nada não, mãe, bobeira, vou tomar banho pra tirar o melado.

A água do chuveiro esguicha sobre a cabeça, o xampu acabou, precisa avisar a mãe, então passa só o condicionador, tem cheiro de erva doce e está escrito: para cabelos normais, e ela tem dúvida se é normal, passa sabonete no corpo, lembra do beijo de língua parecendo babosa e parece que faz tanto tempo. Tudo agora parece que faz tempo demais. A língua do Jonas procurando a cereja: um século. A primeira vez que desceu para ela, a pasta cor de chocolate na calcinha: dois séculos. A viagem com a tia Dodora e o tio Valter para Poços de Caldas: três séculos. O tempo em que o pai nunca tinha espiado elas dormirem com a mão enfiada na roupa: um milhão de séculos.

*

A polícia veio aqui pra dizer que foi de propósito. Fiquei com tanta raiva, é tudo mentira, essa gente mente tanto. Por que ela ia querer um negócio desses com dezesseis anos? Dezesseis, Line, dezesseis. Ela caiu, deve ter subido sei lá por quê, pra ver a vista, sentir o vento lá de cima, daí escorregou o pé. Vieram dois polícias, fuçaram nas coisinhas dela que nem cachorro perdigueiro, balançaram os cadernos de escola de boca pra baixo, abriram a bolsa de balé, gavetas, espalharam as bijuterias da caixinha, a corrente com a medalha de Nossa Senhora de Fátima que a tia Dodora deu quando ela foi batizada. Tiraram as roupas do armário, enfiaram a mão nos bolsos das calças, levantaram colchão, queriam até abrir o colchão com faca, eu não deixei. Juro pra você que se eles tivessem falado que queriam abrir o sofá vermelho eu tinha deixado, porque um cheiro, Line, um cheiro. Como pode recheio de sofá ter cheiro de flor viva?

Eles estavam procurando um bilhete, uma carta, uma explicação. Eu também, Line, uma explicação. Não da polícia, que polícia não sabe de nada nunca.

Eu queria que Deus me explicasse. Por que levar uma menina que não teve nem tempo de tentar?

*

O Jane vem quase todo dia. Da primeira vez eu estranhei, levantei da cama alisando o lençol, amarrando o cabelo com elástico, recolhendo a louça espalhada na sala. Depois vi que ele nem reparava. Não era mais ele, entende, Line? Nem liga mais pra pia de mármore, boleira de cristal, lustre. Ele vem aqui me pedir pra contar dela, mostrar foto, desenho de quando ela era criança. Tem dia que ele chega de manhã cedo, eu passo café, torro pão, ele só esfarela com o dedo, vai comendo as migalhinhas. O café ele toma. Uma xícara grande, sem açúcar nem nada. Ele nunca diz: a Maria. Nem diz: minha filha. Só fala: ela. Diz, me fala dela, me conta dela, que doce ela gostava, o que ela queria ser quando crescesse, ela perguntava de mim, alguma vez perguntou quem era o pai? Eu falei pra ele que não, que ela nunca soube quem era o pai e nunca nem quis saber.

Que coisa engraçada, Line, tem hora que a vida parece piada, a menina precisou morrer pra ter pai. Eu não tenho raiva dele, não tenho raiva de ninguém, só de Deus, misericórdia, tenho tanta raiva.

*

Quebrei tudo quanto é louça. Pegava uma caneca e tacava na parede, depois um prato, um copo, uma travessa de botar lasanha. Deu até vontade rir,

Line, travessa de lasanha pra quê, pra quem? Quebrei a meia dúzia de taça de cristal da tia Dodora, uma sopeira que era da vó Marieta, cinco pratos de sopa, duas tacinhas de sorvete, um vaso de vidro azul, um jogo inteiro de xicrinha de café, aquele de friso dourado que ficava na cristaleira da mãe, um abajur de louça, um pote de botar arroz, cinco pratos de sobremesa, um cinzeiro em forma de peixe e um vidro de xarope pra tosse.

Mas eu não fui quebrando e querendo mais, fuçando a casa pra descobrir louça, vidro. Não foi assim. Eu peguei todas essas coisas e sentei no sofá, deixei no armário só três pratos e dois copos. O xarope estava na mesinha do telefone, a Maria estava tomando, ela tem uma tosse, Line, dessas de cachorro, sabe, parece que o peito vai arrebentar.

Eu jogava um copo na parede, um prato, uma xícara, uma taça, o cinzeiro. Isso foi de tarde. Quando escureceu, tinha uma montanha de caco no canto da sala. Nessa hora o Jane chegou. Eu deitada no sofá e ele deitou comigo. Tinha cheiro de cerveja, suor e urina, um cheiro fermentado, de coisa velha. Falaram que a mulher tocou ele de casa, que agora dorme na casa da mãe ou até na rua, passa o dia inteiro no bar do Zé Felino, só vai embora quando o Zé fecha. Não perguntou nada dos cacos. Beijou o canto da minha boca e eu entendi. Só desenrolei a calcinha. Eu não gozei, Line. E fazia seis, sete anos que homem não encostava em mim. Mas eu não podia, foi isso que segurou a Maria na minha barriga. Se não fosse isso, a semente dele não tinha vingado, teria escorrido nas pernas, ido embora no ralo com a água do banho. Se eu gozasse, era capaz do meu corpo fazer filha de novo. E se ela escalasse a torre de telefone feito aranha caranguejeira, pra depois voar que nem gavião-tesoura, hein, Line? Se ela morresse, eu não tinha mais louça pra quebrar.

*

Fazia mais de uma semana que o Jane não dava as caras. Eu nem ligava mais. No começo fiquei preocupada, ele bebe, Line, todo dia um litro de pinga. A mulher dele voltou pro Mato Grosso, levou as duas meninas. Mas depois de não sei quantos dias sem aparecer, ontem ele chegou aqui de tardezinha. Eu falei pra ele, toma juízo, Jane, você perdeu uma filha, vai perder as outras duas, vai atrás da tua mulher, faz essa barba, joga fora essa calça jeans que não presta nem pra lavar. Fiquei com uma pena, os dentes dele encapados de um lodo, um cheiro de planta podre. Sabe o chão debaixo da mangueira aqui do sítio? É sempre fresco, ainda que faça um dia de calorão, tanta folha caída que uma abafa a outra e as de baixo ficam podres, esfarelam, misturam com a terra, minhoca viva, minhoca morta, raiz, tatu-bola, piolho de cobra, barro. É o cheiro da boca do Jane.

*

Agora faz cinco ou seis dias que ele chegou e não foi embora nunca mais. Não trouxe nada, só a roupa fedendo no corpo e uma garrafa de pinga na metade. Veio a pé, da cidade até aqui, tropeçando nos mata-burros, juntando carrapicho na barra da calça. Ontem lavei a roupa dele, calça, camisa, cueca, até o tênis. Passou o dia inteiro pelado enquanto as coisas secavam. Depois me viu aqui sentada na mesa com o caderno aberto e perguntou o que eu estava escrevendo. Falei que contava da minha desgraça pra você, mas que nunca que eu ia te mostrar, mesmo se você voltasse. Ele disse que tinha pena de mim, porque eu não tinha ninguém, só ele. Achei bonito, isso dele dizer que eu tinha ele. A verdade é que não tem ninguém mesmo, Line, porque todo mundo foi embora. Você, a tia Dodora, o tio Valter, a mãe, a Maria e até o pai. Eu gostei um pouco do pai. Eu tinha raiva e nojo, mas tinha alguma coisa que era boa. O amor nunca é puro, ele vem misturado com umas partes sujas. Eu tinha nojo e raiva do pai, mas tinha amor também. O pai era fraco, Line, a gente era a fraqueza dele. O pecado do pai era olhar. Ele nunca espiava quando a gente podia ver que ele tava olhando, mesmo de biquíni no quintal, tomando banho de chuva aqui no sítio, a roupa grudada no corpo. Achava que assim não fazia mal, a gente não sabendo que ele olhava. Eu só não vou perdoar se ele tiver pegado você, Line, é só o que eu preciso saber. Ele te pegou?

*

Sabe que esses dias eu lembrei de uma coisa que eu nunca tinha lembrado antes? Você tem isso, Line, uma lembrança nova que vem de repente? Estava aqui mexendo no quarto da Maria, eu fuço nas coisinhas dela o dia inteiro, não tem mais nada pra ver, eu olho as mesmas coisas, os desenhos de quando era criança, a coleção de borrachas coloridas, as tiaras de cabelo, a roupa de balé, três batons, dois rosas e um roxo clarinho, as nove moedas inteirando seis reais e trinta e cinco centavos no potinho de vidro em cima da penteadeira. Eu lá, sentada no chão, cheirando uma camisola cor-de-rosa de desenho de urso, ela adorava essa camisola, tinha desde oito, nove anos e continuava a usar, não deixava eu dar de jeito nenhum, nem sei como servia, mas é que ela é tão magrinha, Line, o pano tá transparente de tanto esticar. Daí eu lembrei de uma camisola que você tinha, uma verde-água, com sinhaninha no barrado, acho que quem te deu foi aquela prima da tia Dodora, Marieva, Mariela, aquela que morava em Ribeirão Preto. A gente gostava de brincar de ser a outra, lembra? Eu te chamava de Lana e você me chamava de Line. Nesse dia a gente não parou a brincadeira nem na hora de dormir, você me entregou a camisola e falou: veste. Abriu a gaveta e pegou um pijama meu. Depois deitou na minha cama e mandou que eu deitasse na sua. Você queria que eu visse o pai, hein, Line? Você achava que ele não ia na minha cama e queria me mostrar o que ele fazia na sua? Nesse dia ele não foi. Ou eu não consegui esperar acordada.

Nove
Doze
Dezesseis
Dezoito
Vinte e dois

Abre a geladeira e pensa na lição de álgebra. Vê leite, azeitonas, manteiga, queijo curado, pote de cidra, Superbonder, uma caixa de ovos vermelhos. Fecha, segurando o vidro de azeitonas. Pesca algumas com o garfo, coloca todas na boca, come, cospe os caroços na concha da mão. Quatro. A mãe chega e diz, com fome, filha? Abre a mão e derrama no lixo os quatro caroços em cima do filtro com borra de café, um guardanapo sujo, uma embalagem de orégano. Já comi.

Volta para o quarto, o caderno aberto na mesa do canto, farelos de borracha, a serragem do lápis recém-apontado, um monte de x, y, z. Mastiga a extremidade do lápis e a mão cheira a azeitona. Aline chega e Ilana escuta a irmã falando para a mãe que está com dor de cabeça, que está tendo todo dia, que hoje a bola de vôlei bateu bem no meio da testa e ela viu estrela, diz, estreeeeeela. A irmã abre a geladeira e não deve pensar em álgebra. Deve pensar no jogo de vôlei, dali a pouco é campeonato, ou então no Fabinho, a irmã transou com o Fabinho que ela sabe. Ilana beijou o André Tinta na semana passada, um cheiro de suor e de tinta, e ela ficou com nojo e depois ficou preocupada que tivesse nojo, medo que gostasse de mulher, essas coisas. A Marta do Osório gosta de mulher, essas coisas. Depois que o Osório morreu, deu de virar sapatão. Mora com uma moça chamada Cleide Laís. Escutou a mãe falando para a tia Dodora que isso não é de Deus. Ilana quer ser de Deus.

Aline entra no quarto e cumprimenta, oi, Lana. Responde, oi, fingindo calcular o valor de x, os farelos de borracha atropelados pelo grafite do lápis. A camiseta da irmã, escrito Escola Municipal Coronel Palimércio de Rezende, está úmida de suor. Uma das alças do sutiã aparece na extremidade da gola. É vermelha. Aline conta do jogo e Ilana finge álgebra, juntando as migalhas da borracha no canto direito do caderno, bem em cima da data. A gente está jogando muito, Lana, a Moira tá arrebentando, você viu a Moira dando manchete? Capaz da gente até ganhar o campeonato, vai ter um baile na cidade em nossa homenagem, imagina, Lana, em nossa homenaaaaagem. Tô estudando, Line, a gente tem prova amanhã. Caramba, eu tinha esquecido, aquele inferno de x, y, z? Vou tomar banho, daí você me ensina?, eu tô fedeeendo. Tira toda a roupa no quarto antes de ir para o banheiro. Ilana vira levemente o olho direito, a fim de ver a irmã. Como podem ser gêmeas? Nunca soube de divisão mais injusta. X dividido por dois não foi meio x. Na divisão, Ilana ficou com o nojo de beijo na boca e a memória de que elas combinaram de morrer juntas. Aline nem deve se lembrar. Os seios redondos feito romãs repartidas na metade, os cabelos alcançando o fim das costas.

Volta para o caderno, a borracha, o lápis, os farelos, por que diabo precisa saber o valor de x? O telefone toca e a mãe atende. Ilana escuta a mãe dizendo, oi, Dodora, não, chegaram as duas, nossa, não ouvi nada não. Quem é a menina? Misericórdia. No Jardim Clélia? Pegaram quem fez? Pode deixar, eu vigio, nunca deixo de vigiar.

Escuta a pisada da mãe no assoalho, o pé direito batendo com mais força que o esquerdo: pá, tá, pá, tá, pá. O som do pai é tum, tum, tum. Uma bomba estourada a cada vez que o sapato pisa o chão. Será que é por isso que as tábuas estão soltando? O peso do pai, a raiva toda, uma descarga de cólera por pisada. Do que o pai tem tanta raiva? Ela tem culpa? A mãe ressonando alto, o copo de água do lado da imagem de São Judas Tadeu, o terço de Santa Rita preso no pé do santo igual cobra, o pai acordando de madrugada.

A mãe entra no quarto. Aline chega atrás, a toalha enrolada na altura dos seios, o cheiro de sabonete e condicionador, levanta a axila direita e fala, esqueci de raspar o braço. A mãe diz, a tia Dodora ligou, filha. E ela não sabe se se dirige a ela ou à irmã, por isso não levanta os olhos do x, tem dúvidas se vale 89 ou 76. A irmã seca os cabelos sacudindo a cabeça muitas vezes, que nem os cantores de rock da televisão. A água da cabeça de Aline respinga a nuca de Ilana, uma gota cai bem em cima do x. A mãe conta da conversa com a tia ao telefone: a Dodora contou de um homem que pegou uma menina no Jardim Clélia, treze anos, o pai é sapateiro lá no Alípio Gomes, ficou toda estourada, não matou por um triz, Cristo rei, cadê Deus nessa hora?, uma pobrinha de uma menina que devia ser virgem, até do avesso ele pegou ela. A irmã solta uma risada e a mãe dá um tapa, sem mira, quase um reflexo. Aline desvia, recuando o corpo, abafa o riso na ponta da toalha. A Dodora mandou vigiar, eu vigio, a vida inteira de olho em vocês duas. A irmã está pelada, a toalha no chão, as duas mãos na cintura, o peso concentrado na perna direita, o pé esquerdo esticado de bailarina.

A mãe sai do quarto, pá, tá, pá, tá. A irmã abre a gaveta de calcinhas, uma gaveta para as duas. Uma vida compartilhando gavetas, calcinhas, os sutiãs não, que o número da irmã é maior. Escolhe uma branca com estampa de pequenas maçãs. Você acha que a menina era virgem, hein, Lana?, a do Jardim Clélia? Nossa, a primeira vez ser um cara de touca preta na cabeça, a faca encostando a barriga, que horror, imagina se o cara resolve beijar?, a boca deve cheirar carne podre, eca, Lana, que nojo, uma vez beijei o Mateus, sabe, aquele de cabelo de tigela?, ele tem um bafo, Lana, mas um bafo que por Deus, por Deeeeus.

A irmã está de roupa e o cabelo desembaraçado. A toalha no chão e já esqueceu a álgebra. Tchau, Lana, combinei com a Moira de alugar um filme e assistir na casa dela, você quer ir? Quando termina a pergunta, está no corredor. Ilana não tem chance de lembrar Aline de que tem prova. Gostaria que a irmã insistisse, vamos Lana, eu, você, a Moira, a Cleidinha, a gente arrebenta pipoca, bate vitamina. A irmã nunca insiste. Nem espera Ilana responder, pergunta já saindo do quarto, da sala, do banheiro, de onde estiver. Queria ter tempo de responder, queria perguntar para a irmã se acontece com ela, ele te olha, Line, quando você dorme?, será que a mãe sabe? A visão de Ilana dilata de lágrima, 89, 76, não faz ideia do valor de x, nem de y, nem dela, quanto ela vale? Se chegasse arrebentada pelo moço de touca preta valeria alguma coisa? Se gostasse de mulher, essas coisas, igual a Marta do Osório? Se nunca descobrisse o valor de x, se nem acreditasse em Deus?

A mãe chama para o jantar. Ela está na cama olhando um gibi, as páginas destacam da brochura igual pétala de flor murcha. A mãe diz, vem jantar, filha, e ela responde, já vou. A mãe diz, o pai tá aqui, e Ilana se levanta num pulo. Não é dia do pai jantar em casa, hoje é terça e ele joga truco no bar do Dico, só volta na madrugada alta, quando a mãe dorme, São Judas Tadeu, o terço de Santa Rita.

O pai está sentado, a irmã também, a mãe está na cozinha desligando a panela do frango ensopado. Tava onde?, o pai pergunta para a irmã. Nunca diz o nome da irmã, nem dela, nem da mãe. Mas não deixa dúvidas da destinatária da pergunta. Que tem de janta? (para a mãe), onde você foi? (para a irmã), quando chega o boletim? (para ela). Uma vez estava brigando com a irmã, a única vez em que brigou com irmã na frente do pai, deviam ter onze ou doze. Aline pegou a revista que Ilana estava guardando e recortou um pedaço, o rosto de um moço de dentes cor de leite, uma franja cobrindo a testa. Ilana ficou brava, a irmã ainda com a tesoura na mão, discutiram, arrancou a revista, a tesoura veio junto, um pequeno arranhão, ainda assim um corte, um pingo de sangue rebentando na palma da mão da irmã, o suficiente para que Aline fizesse um escândalo, mãe, ela enfiou a tesoura em mim. A mãe veio, Cristo rei, o que aconteceu? A mãe chorava com as mãos na cabeça, enquanto desdobrava santos: São Judas Tadeu, Nossa Senhora de Fátima, Santo Antônio de Pádua, Santa Bárbara. O pai entrou no quarto e perguntou, em um tom muito mais alto do que costuma falar, vocês querem que eu morra? A mãe calou o desfile de santos, a irmã, ela, até o sangue parou de vazar do buraquinho da mão. Elas queriam?

A mãe coloca a panela do frango na mesa, tira a tampa e a fumaça sobe. Volta para a cozinha e retorna com polenta e arroz, uma panela em cada mão, a garrafa de água debaixo do braço. O pai pinça o frango com o pegador: coxa, moela, fígado e coração. Quando o pai não está, ela come a moela, a irmã o coração, o fígado a mãe come, elas não gostam, eca, fígado tem gosto de boi vivo, é o que diz a irmã. Não quando o pai está na mesa, quando o pai está na mesa, não dizem nada, só, passa o arroz, bota um pedaço de polenta, me dá um gole de água.

O pai mastiga de cabeça baixa, o caldo do frango esparramado no prato. Ilana tem vontade de chorar, o coração faz tum, tum, tum, igual aos passos do pai na madrugada. Ela quer? Imagina o pai no caixão, os olhos fechados, uma mão em cima da outra, o cheiro dos cravos, os cumprimentos, tadinha das meninas sem pai, a mãe chorando muito e ela vai chorar também e, se não chorar, vai fingir, para que ninguém pense que ela queria, e a tia Dodora e o tio Valter vão levá-las para a casa deles. A tia Dodora vai comprar sonho da padaria e dizer, podem comer, queridas, e quem sabe vão morar lá, ficam para sempre no sítio com os tios, ver a mãe só de vez em quando, e o tio Valter é quem vai assinar o boletim, nunca mais o pai, a madrugada, São Judas Tadeu de cobra enroscada no pé.

Aline não deve pensar em nada disso, deve estar lembrando do filme que viu na Moira, um boneco que mata todo mundo e talvez tivesse um moço bonito que beija uma moça bonita, de repente até dormem juntos, uma cena dele tirando a roupa dela e depois os dois abraçados. Sente uma pontada lá embaixo, um palmo e dois dedos depois do umbigo, e a vontade de chorar diminui um pouco. O queixo do pai brilha à gordura do frango, do arroz, da polenta, bebe um gole de água que escorre um pouco na beirada da boca. O pai acaba de comer e faz um x com o garfo e a faca. Ilana tem medo de nunca saber o valor de x.

A mãe recolhe os pratos e traz goiabada, cidra, um pedaço de meia cura. O pai tira o canivete da cinta, parte uma lasca de queijo e outra de goiabada, sai comendo, tum, tum, tum. A irmã fala, eca, para a cidra e pergunta para a mãe se acabou o pé de moleque que a tia Dodora trouxe, acabou, filha. Ilana diz que não quer nada, vou dormir que amanhã tem prova, e Aline se desespera, por que você não falou, Lana?, aquela porcaria de x e y, não dá pra entender nada daquilo, você me explica, Lana?, hein?, peloamordedeus, antes de deitar você me explica, eu tô ferrada, ferraaaaaada.

Vão caminhando para a escola, a mochila vermelha da irmã, os cabelos cobrindo metade das costas, a calça jeans marcando os quadris, a camiseta do uniforme presa dentro da calça, os peitos deformando um pouco a estampa com o nome da escola. Ilana um passo atrás, a mochila verde, calça de moletom azul marinho, meias de rendinhas, os seios sem força de deformar a blusa, os cabelos presos na nuca com um elástico de pompom laranja. Ai, Lana, eu vou me ferrar hoje, você entendeu alguma coisa?, tá sabendo descobrir o número do x?, vou sentar do seu lado, tá?, você faz a conta e depois escreve na borracha, eu falo, empresta a borracha, Lana, e você me passa a resposta.

Na escola todo mundo fala do Jardim Clélia, a mãe da Cleidinha conserta sapato com o pai da menina, que não tem treze, mas catorze, voltou para casa arregaçada, um tênis só, a cara roxa, cuspiu dois dentes, o moço segurou pelos cabelos, rasgou a roupa, enfiou nela por trás, quando chegou em casa, cagou sangue. A voz da Cleidinha muda de tom a cada palavra, como se estivesse falando depois de anos de mudez. A Moira fala: imagina, imagina, imagina. A Cleidinha diz: cuspiu dois dentes, e a Moira: imagina. Enfiou nela por trás: imagina. Cagou sangue: imagina. E estão todas imaginando, o bafo, a touca preta, o sangue esguichando na privada.

Faz a prova pensando na menina, os dentes soltando da boca, o moço rasgando por trás. O x dela valeu 23, o da irmã 145, por que não passou a borracha, Lana?, eu te cutuquei. A professora tava de olho, Line, não deu. A irmã diz, tô ferrada, completamente ferraaada. Mas o pai não vai pedir o boletim da Aline, é a mãe quem vai assinar e dizer, estuda mais, filha, estuda bastante pra ser alguém na vida. O pai vai assinar o de Ilana e não vai dizer nada, e depois o coração dela vai fazer tum, tum, tum, quando os pés dele batucarem tum, tum, tum no assoalho, o copo de água da mãe vai tremer na mesinha de cabeceira, um pingo de água vai pular, molhando o cajado de São Judas Tadeu.

Vai ter festa na sexta na casa do Dilinho, cês tão sabendo? É o que pergunta a Moira, alcançando as duas irmãs, depois de correr metade do quarteirão. Passam em frente à sorveteria da Alzira e Ilana tem vontade de sorvete. Tanto faz o sabor, nem queria o luxo de escolher, diria, qualquer um, Alzira, bem geladinho. É fim de agosto, mas deve fazer mais de trinta graus. A Moira continua falando da festa, os pais do Dilinho tão viajando, algum lugar no estrangeiro, acho que Alemanha, não, não, é Argentina, uma coisa assim com A. Vamos com a gente, Lana? A irmã pergunta e não sai, não deixa o quarto, o banheiro, a cozinha, não atravessa a rua correndo sem esperar a resposta. Aline está perguntando e esperando que Ilana responda. A Moira reforça: é, Lana, vamos? Faz, ã-hã, ao mesmo tempo em que sacode a cabeça para cima e para baixo. Aline e Moira dão gritinhos de êeee e a abraçam ao mesmo tempo. Ilana tem vontade de chorar. Não o choro da mesa de jantar, da madrugada alta com São Judas Tadeu respingado de água, um choro de quem tem alegria de repente.

O pai está pescando no rio São Domingos, vai passar três dias no rancho do Zé Pedro. Nem soube da festa do Dilinho. Depois que enfiou a mala de lona na camionete, vara, samburá, chumbada, dois fardos de cerveja e um quilo e meio de costela, as meninas foram pedir para a mãe. Aline pediu e Ilana ficou do lado, olhando o ladrilho do chão da cozinha, azul, cinza, azul, cinza. Todo mundo vai, mãe, a Moira, a Carolina da dona Ana, a Cleidinha, a Luana, o pai nem tá aqui. Ai, filhas, se o pai pega vocês de safadeza em festa, nem sei. Ele não vai saber, mãe, tá longe naquele rancho fedorento, deixa, vai, não custa, vai. Aline dá um leve chute no pé da irmã para que ela se manifeste também. É, mãe, deixa. Cristo rei, tá bom, vocês vão, mas onze e meia vou pedir pro tio Valter buscar.

Aline com um vestido preto na altura da metade da coxa. Dança, cantando a música que é em inglês. Ilana também não sabe inglês, mas ainda assim tem vergonha da irmã cantando a letra errada, com uma voz mais alta do que a do cantor. Ninguém repara. Ilana tentou acompanhar o vai e vem da irmã. Aline recebeu cada convidado na porta, como se fosse a anfitriã, oi, deixa o pacote de salgadinho aí, olha que casa bonita, tem até piscina, se fosse de dia a gente nadava, eu quero uma casa igual a essa, mas bem longe, sabe?, no estrangeiro, alguma coisa pros lados da Austrália, um lugar de neve, quer ponche?, a gente fez ponche. Ilana atrás da irmã, as duas mãos cruzadas em frente ao corpo. Quando a irmã começou a dançar, Ilana se sentou.

A Cleidinha conta para um grupo de três meninas a história do Jardim Clélia. Uma das meninas pergunta se ele pegou também pela frente e a Cleidinha responde que não sabe. A menina fala, se não pegou na frente é bom, porque se for virgem, não deixou de ser, pode escolher a primeira vez, o cara certo e tal. A Carolina está sentada no outro sofá com o Dilinho, as pernas dela estão esticadas sobre as dele, ele fala uma coisa no ouvido dela e ela ri. Onde está a Moira? Localiza Moira no outro canto, conversando com a Rita, que é três anos mais velha que elas, falam tão perto que parecem quase beijar, pensa se a Moira gosta de mulher, essas coisas, e de novo uma pontada lá embaixo, sem vontade de chorar.

Bebe de uma vez o ponche que a irmã insistiu para ela tomar e sente o nariz pinicar, as orelhas, os pés, os olhos estão fechados, a cabeça apoiada no encosto do sofá, a voz da irmã, a voz do cantor. Um toque no braço direito, abre os olhos, é o André Tinta, nem sabia que o André Tinta estava na festa. Ele diz, oi, Lana, e ela responde só, oi. Não quer dizer, oi, André Tinta, tem medo de ofender, e também não consegue chamar de André, sem perigo de falar Tinta. Ele pergunta, o que era isso no seu copo, e ela levanta os dois ombros dizendo, é um negócio que a Line me deu. André olha Aline no meio da sala, ainda canta, o movimento dos quadris fez subir um pouco mais o vestido, ninguém mais dança. Vocês são mesmo gêmeas? Não é propriamente uma pergunta, é mais um espanto, de forma que Ilana não responde, nem com o ã-hã que costuma fazer nessas ocasiões. O ponche e o cheiro de tinta embrulham um pouco o estômago. Tem vontade perguntar para o André quanto deu o x dele na prova de quarta. Não pergunta. Tem vontade de pedir para que ele se levante, que desencoste o joelho do joelho da calça jeans dela. Não pede. Não tem vontade nenhuma de beijar o André, ainda assim beija. Segura a nuca do André com as duas mãos e força a língua para dentro da boca. Os dentes batem um pouco e é úmido, parece xixi na cama, ela fez até os nove, a mãe danava, a irmã chamava de mijona, a tia Dodora mandou benzer, a velhinha do Parque Califórnia sacudindo arruda na frente do rosto, um cheiro de casa de gente pobre, vela queimada, alho frito, cânfora e bolor, a velha falava, Nossa Senhora dos Montes curai e vigiai, a cada palavra um bocejo. Ilana se lembra da velha e tem vontade de bocejar, o André torcendo a língua igual minhoca agonizando, a língua dela largada do lado direito, bem em cima dos molares dele. Abre os olhos e o André está com os dele fechados, as mãos onde terminam as costas, um palmo a mais está com a mãos na bunda, mais uma pontada lá embaixo e decide.

Tira a boca do beijo molhado feito xixi na cama e André abre os olhos no susto: que foi, Lana? Ele todo cheira a tinta, o beijo, as mãos quase na bunda, a camiseta amarrotada escrito *living is easy with eyes closed*, que diabo quer dizer isso? Ela fala, vem, André. Não fala Tinta e é uma voz que não é dela, saiu de um lugar que não foi a garganta.

Não olha para Aline nem para Moira, nem para o relógio que deve marcar dez e cinquenta e cinco, o x da Moira deu 55 e está errado. A menina do Jardim Clélia não deve se preocupar com x, y, o valor de nada, currada por trás, no cu, pensa no padre Aldo, ouviu dizer que o padre Aldo dá o cu e deve ser pecado, coisa grande, de ofender, e ela nunca na vida que faz, só se o moço de touca preta pegar na força, e de jeito nenhum que pisa no Jardim Clélia, nunca que veste saia curta, nem vai ser mais virgem.

Já tirou toda a roupa e o André só a camisa, não entende direito, diz, não precisa fazer nada, e Ilana fala, mas eu quero. André desabotoa a calça, o botão de metal brilhando no quarto meio escuro, deve ser do pai e da mãe do Dilinho, tinha uma porta aberta e Ilana entrou, puxando o André pela mão. Uma cama de casal e duas mesinhas de cabeceira, de um lado, uma Nossa Senhora do Carmo, reconhece por causa do menino Jesus no colo, nenhum terço enrolado na base, certeza que o lado da santa é da mãe, porque pai não tem dessas coisas. Será que o pai do Dilinho levanta de madrugada?, acha que não, o Dilinho não tem irmã. Se ela tivesse nascido homem e a irmã também, se a mãe não fosse devota de São Judas Tadeu, se finalmente soubesse o valor de x, das coisas todas, se o frango tivesse quatro moelas e quatro corações, se a menina do Jardim Clélia não usasse saia curta, se o moço não arrebentasse por trás, se pelo menos tivesse hálito de pasta de dente, se fosse bonito igual ao moço da novela, se o pai deixasse ver novela, se o André não cheirasse tanto a tinta.

Está embaixo do André, as pernas abertas para receber o que ela não sabe direito, não sente nada, só vontade de que comece e de que acabe. Não vai contar para ninguém, se Aline perguntar, a Moira, a Cleidinha, vai dizer que não fez, só uns beijos, uns amassos, vai pedir para o André não contar também, e quando chegar em casa, vai esfregar o pescoço com a bucha para tirar o cheiro de tinta, passar um pano com álcool canforado e vai cheirar igual à casa da benzedeira pobre, Nossa Senhora dos Montes, curai e vigiai. Será que está vigiando agora, Nossa Senhora do alto do céu vendo Ilana de pernas arregaçadas debaixo do André? Ele está completamente dentro e Ilana faz cara de dor. André ameaça parar a cada careta e ela aperta com força o pulso direito dele, pedindo para que ele continue, não porque goste, mas para que termine. Achou que doía menos, que a dor era só na primeira entrada, que depois ficava bom, mas é como enfiar estaca em terra seca, falta chuva, barro, umidade de xixi na cama. Tem que lembrar de não deixar ele acabar dentro, se fica grávida faz o quê?, um bebê com cheiro de tinta e esse canino a mais que o André tem do lado esquerdo. Tem pena do André, é bonzinho, ajuda o pai a pintar muro, carrega lata, faz a primeira demão, limpa com tíner, a tia Dodora fala que é menino trabalhador, ele pintou a casa do sítio junto com o pai dele e o tio Valter elogiou, disse que ficou um brinco. Como saber quando é a hora de empurrar ele para fora? Poderia dizer, olha, André Tinta, não goza dentro de mim, tá bem? A irmã diria, certeza que diria qualquer coisa e nem deve ser terra seca, deve ter o chão lodoso e sem dor. Na Ilana tudo dói, tudo, a galinha de uma moela só, a menina do Jardim Clélia cagando sangue, a prova de álgebra, tum, tum, tum, Nossa Senhora vigiando, São Judas Tadeu, o cajado, o André afogado nela, nunca vai ter filho, nunca, nunca.

André ergue o corpo de cima de Ilana e ela tem medo de que ele tenha gozado, devia ter falado. O corpo dele convulsiona, faz uma cuia com a mão direita e ejacula na concha da palma, um montinho viscoso e catarrento, e Ilana se espanta, achava que fosse transparente e fluido, que nem gel de cabelo. Nem precisou falar nada, graças a Deus, agora tudo acabado, sem risco de filho e não tem mais a membrana que a apartava do mundo. Se o moço pegar, se ela for no Jardim Clélia, assim de passagem, se forçar pela frente, não é mais virgem, a primeira vez não vai ser de touca preta e bafo, porque já foi com o André, que não tem bafo, mas cheira a tinta, e o canino a mais, devia pedir para o dentista arrancar, pelo menos ela quis.

André vestiu a roupa e ela não sabe o que ele fez com o catarro, se limpou na colcha, na cueca, raspou a mão na parte de baixo do estrado da cama. Ela também já está de roupa, André tenta dar um beijo e ela diz, não, com a cabeça. Ele destranca a porta e sai, ela atrás. O relógio marca onze e vinte e três, exatamente o valor de x na prova, 23, semana que vem o boletim, gostaria que o pai morresse.

*

Mandei o Jane embora. Ele passou mais de um mês morando aqui, encafifou de fazer um altar pra Maria no quintal. Perguntou o lugar do sítio que ela mais gostava, eu falei que Maria não gosta de roça, mato, coisa de bicho, terra, não sai do quarto, Jane, o tempo que tá em casa é no quarto, mexendo nas coisinhas dela, os livros. Ela gostava tanto dos livros, lia os mesmos, eu falava, filha, dou dinheiro, a gente vai na cidade, mas ela respondia, não, mãe, eu gosto desses. Se você estivesse aqui, lia esses livros que ela leu tanto e me dizia onde tá escrito que era pra ela subir na torre de telefone e pular lá de cima feito grilo. Eu não tenho coragem de abrir os livros, eu fuço em tudo, menos nos livros. Sei que carta não tem, a polícia sacudiu tudo, igualzinho nos filmes.

Ele estava que nem doido, o Jane. Cismou de fazer o altar. Tava segurando uma marreta na mão, falou que se eu não dissesse o lugar que ela mais gostava, ele esfarelava cada tijolo da casa, deixava só o quarto dela, que a gente ia dormir no galinheiro, embolado com as galinhas. Eu comecei a rir, Line, imaginando o Jane abraçado nas galinhas, aquela vontade de rir de quando a gente era criança, lembra? Uma começava, a outra ria também e não parava nunca mais, a mãe danava, puxava nossa orelha até quase arrancar, e quanto mais a gente tentava não rir, mais a gente ria. Eu rindo alto e pensando, agora o Jane enfeza, bota a casa abaixo, arrebenta tudo. Mas não, Line, ele começou a chorar. Chorava quase gritando, não escondia nem o rosto, um catarro aguado vazando do nariz, molhando a camiseta. Sentei do lado dele e falei, calma, Jane, calma, que nem a gente faz pra acalmar bebê. Ele soluçava e dizia, eu tenho culpa, tanta culpa, ela subiu lá por minha culpa, sou o pai dela e nunca dei um bombom, um nada, nunca empurrei em balanço, comprei brinquedo, nem sei do que ela gostava, sei nada dela, você devia ter raiva, Lana, de mim, do mundo, era pra você pegar essa marreta aqui (ele ainda segurava a marreta, Line) e quebrar a minha cara, quebrar a casa inteira, não deixar ninguém vivo, nenhum tijolo em pé. Nessa hora eu peguei a marreta da mão dele. Ele deu até um pulo pra trás, deve ter pensado que eu ia sentar a marreta nele. Peguei sem pensar, não passava nada na minha cabeça, só uma raiva que deixava tudo preto. A marreta era pesada, fosse em outro tempo eu precisava de duas mãos pra carregar. Eu segurava com uma só e mal sentia peso, tinha uma força que não era minha. Fui até o galinheiro e destruí tudo. Tudo. O poleiro, a cerca de arame, as ripas de madeira. O cheiro de pena e bosta de galinha me deixando enjoada, eu golpeando sem parar, bati até sobrar um amontoado de tela de arame, pena, tábua. Matei duas galinhas. A primeira foi sem querer, estava debaixo de uma tábua, só vi que acertei depois que ela cacarejou. A segunda foi de propósito, juro pra você, ela olhava pra mim com aqueles olhos de galinha e me deu uma raiva, Line. Dei nela até estourar, voou pena, uma barrigada vermelha, até um ovo mole ela botou do cu antes de morrer. Saí do galinheiro querendo matar todas elas, rebentar cada uma com a marreta. O Jane não deixou, me segurou no braço e disse: tá louca, Lana, vai vingar nossa filha matando bicho inocente? Tive vontade de falar pra ele, não tem bicho inocente, Jane, nem galinha, nem sapo, nem pessoa. Todo mundo traz uma culpa que não é da gente, mas passa a ser, entende, Line? O mundo inteiro tem culpa da Maria ter inventado de voar do alto, de se esborrachar no chão feito manga podre, eu, o Jane, você, o pai. E a Maria tem culpa maior ainda, porque ela podia ter desistido, fico pensando que ela teve tempo de desistir, de pensar em mim, no futuro dela, podia ter sido uma bailarina, médica, podia pintar o cabelo de loiro, fazer ginástica até ficar com o corpo dessas mulheres da televisão. Ela teve trinta e um metros para desistir, a polícia disse que media isso, a torre.

Não falei nada pro Jane, sentei no meio do terreiro, as galinhas me olhando desconfiadas. Ele tomou a marreta da minha mão, recolheu o entulho com a carriola, limpou tudo. No lugar do galinheiro ficou uma marca no chão. Estava lá há o quê?, vinte, trinta anos. Antes de escurecer, o Jane recolheu as galinhas no chiqueiro, a gente não tem mais porco faz muitos anos. Por mim dormiam no tempo, vinha raposa de noite arrebentar todas elas no dente. Não ligo pra mais nada, Line, pode raposa arrebentar até o Jane, as filhas do Jane, a mulher médica do Mato Grosso. Pode raposa entrar aqui e me estourar a barrigada, arrancar minhas tripas na dentada, eu nem ligo.

Depois de passar alambrado em volta do chiqueiro, o Jane foi tomar banho. Eu já tinha deitado, sem banho nem nada, fedendo a pena e bosta. Ele ainda fez um pão com queijo e me perguntou da cozinha se eu queria um também. Não respondi. Fingi que tava dormindo.

Quando acordei, já dava nove e meia da manhã, o corpo doendo que nem se eu tivesse apanhado de cinta. Escutei as marteladas, botei a cabeça na janela e o Jane tava lá, pregando umas ripas de madeira. Pensei que ele estivesse construindo uma casa nova pras galinhas, passou a manhã batendo prego. Quando deu de tarde, pediu a chave do carro e foi na cidade. Voltou com um pacote grande de cimento e dez fileiras de tijolo. Trouxe também meio quilo de mortadela e um saco de pão fresco. A gente sentou no alpendre e comeu sem falar nada. Ele não me perguntou por que eu matei a galinha de propósito e eu não perguntei por que ele só quis saber da filha depois de morta. Acabou de comer e me estendeu o prato falando, agora vou voltar pro altarzinho dela. Eu queria dizer: que negócio é esse de altar, Jane, então não é galinheiro que você tá levantando? Acha que assim vai ser pai dela? A Maria não tem pai, Jane, nunca teve. Nem teve mãe direito, porque eu não consegui, e eu tentei, Line, você não pode imaginar como eu tentei. Eu não disse nada. Quando ele estendeu o prato e falou do altar, eu só fiz, ã-hã.

O Jane ia toda tarde pra cidade comprar massa corrida, cimento, tinta, as coisas pro altar, mandou até fazer uma portinha com entalhe de coração. Dei meu cartão de crédito, ele não tem um real no banco, a mulher dele que é rica, deixou ele sem nada. Escrevi a senha num guardanapo: 170562. Nunca na minha vida que eu vou esquecer desse número, Line, foi a Maria quem me fez decorar. O banco não me deixou escolher a senha, se pudesse tinha botado o dia do aniversário dela, mas já veio escrito e eu falei, Deus do céu, Maria, como é que eu vou fazer para guardar um número grande desses? E o tio Valter sempre falava que senha de banco a gente tem que guardar na cabeça, não pode anotar em caderno, essas coisas. Daí a Maria me disse: é só você pensar que com dezessete eu vou cortar o cabelo bem curtinho, com cinco anos eu larguei a chupeta e com sessenta e dois você vai morrer. Na hora eu fiquei com raiva, isso dela falar que eu vou morrer com sessenta e dois, mas não danei nem nada, só perguntei, como é que você sabe a idade que eu vou morrer, e ela levantou os dois ombros de uma vez, um jeito que ela sempre fazia quando não sabia o que falar. Eu nunca esqueci do número. E quando vi a Maria arrebentada no chão, lembrei dela falando isso do cabelo. Mesmo com aquela sangueira danada, a maçaroca que escorregava do buraco da cabeça, pensei que ela tava viva, que com dezessete ia cortar o cabelo curtinho.

*

O altar que o Jane fez parece casa de boneca. Não tem cruz, santo, nada dessas coisas de altar, mas ele chama de altar. Ergueu as paredes, pintou tudo de branco. Dentro, só o que tem é foto da Maria. Nenhum móvel, mesinha, cadeira, nada. Deve ter mais de duzentas fotos pregadas com fita crepe na parede. Ele pegou todas as que eu tinha, até as que estavam em porta-retrato ele arrancou. A Maria ainda no berço do hospital, a Maria enrolada na mantinha azul, a Maria de macacão cor-de-rosa no colo da tia Dodora, a Maria mamando no meu peito, a Maria com uma chupeta na boca e outra na mãozinha, tinha mania, Line, enquanto chupava uma chupeta, segurava a outra. Ela aqui no sítio chupando manga, fantasiada de palhacinha no carnaval, segurando o lápis na fotografia da escola, nas apresentações de balé vestida de camponesa, pedra preciosa, estrela, borboleta, cada fantasia mais linda que a outra.

*

Agora que o Jane foi embora, eu queria que ele estivesse aqui. Ontem peguei uma faca de ponta, uma que o tio Valter usava pra sangrar porco, risquei todo o meu braço, só corte rasteiro, o suficiente pra brotar sangue. Não tenho coragem de me matar, Line, não é por isso que eu comecei a cortar. Queria sentir alguma coisa, porque parece que meu corpo tá encapado de uma pomada anestésica. Minha boca formiga o tempo todo, até as fotos da Maria, as lembranças dela, tem hora que não sinto nada.

Tenho feito força pra lembrar exatamente do dia. Fecho o olho e lembro de parar o carro de atravessado, de ficar com raiva de pensar na Maria fuçando em desastre, um mundaréu de gente, carro de polícia. Eu só pensava em encontrar a Maria e dizer pra ela largar mão de ver acidente dos outros, vai estudar, ser alguém na vida, agarra nos livros e vai pra Alemanha, faz igual sua tia. Por que eu queria tanto que ela fosse embora, Line? Pra não voltar nunca mais, igual a você?

Doze

Dezesseis

Dezoito

Vinte e dois

Vinte e dois

Aline deitada em cima da mala, tenta fechar o zíper, me ajuda aqui? Ilana se ajoelha no chão e força o zíper enquanto a irmã faz peso com o corpo, deu?, agora deu, Lana.

Aline segura os cabelos no alto da cabeça em frente ao espelho, experimentando um coque, solta de novo e desembaraça os fios com os dedos. Tira do bolso um batom e passa, enquanto fala com a irmã. Aline deixa para dizer qualquer coisa difícil quando está com a boca ocupada: batom, escova de dentes, comida. Vou sentir sua falta, Lana. E o batom na boca não deixa ela dizer claramente, mas Ilana escuta claramente e por isso não consegue responder, só, ã-hã. E se tivesse coragem, diria, eu também vou sentir sua falta, por que diabo você tá indo embora?, agora que a mãe morreu, vai me deixar sozinha com ele?, o que ele fez com você, Line?, um dia vou te encontrar onde você estiver, vou pra bem longe do forno dessa cidade de merda.

Aline guardou o batom de volta no bolso da calça jeans e Ilana diz, bota o batom na bolsa, Line.

Não, Lana, se alguém roubar minha a bolsa, tenho pelo menos um batonzinho. Aline já tinha escovado os dentes, ainda assim escova de novo, borrando os cantos do batom cor de rosa. Tem alguma coisa para falar que não pode ser dita de boca ociosa. Ilana espera encostada na pia o que a boca cheia de espuma de creme dental tem a dizer. Aline diz algo que parece ser, vou sentir saudades, mas tem outras partes que Ilana não é capaz de compreender. Aline fala muito e a baba da pasta de dentes escorre na jaqueta jeans, na blusa preta, no pedaço de barriga que está à mostra. Aline fala cuspindo espuma e Ilana distingue saudade, pai, frio, longe. Ilana torce para que a irmã tenha fome, quem sabe com a boca cheia de pão consiga dizer mais alguma coisa. Queria perguntar, você vai embora por causa dele, Line? Mas o que diz é, sua blusa está babada. Aline ri, e fala, vão pensar no avião que sou pobre e vão acertar direitinho, e as duas riem juntas, um mesmo riso. Quando estão rindo parecem idênticas, a mesma careta que é de alegria e de dor ao mesmo tempo.

Sentam na cama e continuam gargalhando muito, têm vontade de chorar e se chorarem de rir ninguém vai notar, a tia Dodora lá embaixo vai escutar e falar para o pai e para o tio Valter, parecem crianças de novo, que bom que estão rindo, sinal que superaram a morte da mãe.

A mãe morreu tão de repente que nem deu para ficar muito triste, pareceu um susto, e Ilana sente culpa de não ter sofrido e tem vontade de perguntar para a irmã, você sofreu, Line?, acha que ela amava a gente? A mãe acordou, passou café, torrou pão na frigideira e morreu estendendo roupa no varal, como se fosse mais uma tarefa do dia: fazer café, tostar pão, pendurar roupa, morrer. Um mês depois, a Aline veio com a história da viagem para a Alemanha, uma bolsa da escola, chegou com o papel da passagem de ida e de volta, dizendo que só tinha que arrumar dinheiro para ficar lá os quatro meses, ia fazer curso e depois voltava. O tio Valter checou direitinho, foi um concurso, alguma coisa do professor de geografia, falou para o pai que parecia coisa séria. O pai não queria deixar, a tia Dodora disse que não dava para perder uma oportunidade destas, logo ela volta pra casa, João, é bom pra superar a morte da Ana. E a tia Dodora vendeu doce para três lanchonetes, fez bolo de casamento, batizado, quatro meses recebendo encomenda e assando bolo até de madrugada para juntar o dinheiro para Aline viajar.

Elas se abraçam muito forte, e assim tão forte é a primeira vez, o rosto de Ilana na blusa de Aline, a irmã tem cheiro de creme hidratante de amêndoas, pasta de dente e desodorante. Aline enfia os dedos nos cabelos da irmã e também é a primeira vez. Ilana chora, não aguenta tanta primeira vez ao mesmo tempo e é a primeira vez que chora no corpo da irmã, e é um choro tão fundo que as lágrimas caem oleosas, porque não estavam guardadas nos olhos, mas em um lugar que ela não sabe. Escutam o tio Valter gritando, olha a hora, meninas. Ilana se recompõe do choro, apoia as duas mãos na cama para se levantar, Aline segura o braço da irmã e sem nada na boca, nem pão nem batom nem pasta de dentes, diz: você me espera para morrer? Ilana ri, sabe que não é uma piada, ainda assim a risada nervosa escapa. Queria perguntar para a irmã se ela demora a voltar e se um dia realmente volta, ainda que seja bem velha. Aline já se levantou e arrasta a mala pela escada abaixo.

O pai está sentado na mesa da cozinha, bebe um copo do café que a tia Dodora acabou de passar. Tio Valter está com as costas apoiadas na pia, a chave da camionete na mão, diz, olha a hora, Line, você tem um avião pra pegar. O pai está quieto, decerto queimou a língua, o café estava quente demais, vai ver chora por dentro, umas lágrimas tão antigas que devem ser sólidas, óleo coagulado. O pai não vai ao aeroporto, só Ilana, a tia Dodora e o tio Valter, o pai disse que tinha um serviço na Sete de Setembro, uma velha dessas ricas que não gostam de remarcar, e a justificativa foi mais para a tia Dodora e o tio Valter, Aline sabe que o pai não iria, assim como ele sabe que ela não volta depois dos quatro meses. Aline diz tchau para o pai e ele responde, tchau, sem tirar os olhos da fumaça do café. Dodora diz, abraça sua filha, homem, só vai encontrar daqui a quatro meses, uma eternidade. O pai não quer ver Aline nem na eternidade, porque a filha dói demais. As lágrimas condensadas dentro dele estilhaçam. Tanto tempo chorando por dentro, que agora chora muito e baba em cima do copo de café, puxa o ombro da própria camisa e empurra o choro de volta para os olhos, mas não adianta, as lágrimas escapam pela boca, poros, nariz. O pai chora tanto que mija nas calças e ninguém sabe o que fazer. O café esfriando, a roda de mijo nas calças cinzas, a tia Dodora diz, que é isso, mano, que é isso, mano?, e não deve chamar ele de mano desde quando tinha dez anos e ele, seis. A tia Dodora abraça o irmão por trás e não sabe muito o que fazer, não diz mais, que isso, mano, porque disse muitas vezes e o mano não explicou o que era isso, então ela diz, shiiiiiiii, como se o irmão de cinquenta e dois anos sofresse da mesma cólica que padeciam as meninas bebês. Segura o peito de

João com a mão direita e com a mão esquerda faz um afago desajeitado nos cabelos, tentando ordenar o ritmo dos dedos com o shiiiiii. Ao contrário de acalmar, o carinho torna o choro ainda mais convulsivo e agora o pai gane, feito a cadela que a mãe jogou água fervente e é nela, na cadela escaldada, que Ilana pensa encostada na pia, entre o tio Valter e a irmã. Tio Valter batuca o polegar e o indicador no tampo da pia, num ritmo que demonstra desconforto e pressa. Ilana olha para baixo, um ponto fixo no ladrilho azul-cinza, azul-cinza. O pai continua chorando e o tio Valter olha para o relógio e depois para tia Dodora, ela faz um movimento com a mão direita que quer dizer: podem ir vocês, sem deixar nenhum segundo de fazer shiiiii para acalmar a cólica do irmão. Tio Valter sente um alívio de não perder a hora e de abandonar a cena constrangedora do cunhado mijado, pega a mala e diz, vamos. As meninas saem da cozinha atrás dele e, como não olham para trás, não veem que o catarro escorrido do nariz do pai é uma gosma engordurada e levemente cintilante.

*

Entendi tudo quando a Marcela me olhou. Eu não sabia que a Maria tinha empoleirado na torre de telefone, que estava no chão, a cabeça rachada, mas senti alguma coisa dentro de mim espatifando. Nem precisei abrir passagem, conforme eu andava, o povo ia afastando, mas ninguém arredou o pé. Todo mundo gosta da desgraça do outro. É bom pensar: estou fodida, mas pelo menos minha filha não pulou da torre, meu pai me cuspiu na cara, mas pelo menos não bate punheta me olhando de noite. Na hora eu não entendi que era a Maria. Vi que tinha alguém deitado no chão, olhei a roupa e devia ter reconhecido na hora, mas não. Ela estava de saia jeans e uma blusinha alaranjada, um pé calçado com a sandália marrom e o outro não. O cabelo na cara, grudado no rosto com a cola do sangue. Só percebi que era ela na hora em que vi o cabelo. Quando ela desceu do carro pra ir no balé, estava de coque. Deixava pra desfazer quando chegava em casa, ia tirando os grampos e colocando dentro do potinho verde da penteadeira. Por que ela soltou o cabelo antes de pular, Line? Queria que o rosto ficasse escondido, que o povo não visse os olhos arrebentados de vermelho? Por desaforo eu tirei o cabelo do rosto dela, ela podia esconder de todo mundo, mas não de mim, a mãe, eu sou a mãe, Line, eu sou a mãe. Afastei as mechas que estavam grudadas na cara e vi as bolas dos olhos com sangue pisado, o filete da gosma que escorria do nariz, a boca aberta, ainda um pouco do batom rosa que ela tinha passado, quase nada, na hora pensei se ela tinha comido o pão com queijo que eu tinha botado na mochila, se o batom saiu porque ela comeu o pão antes de voar lá de cima. A cabeça dela tinha uma rachadura embaixo, uma massa rosa saindo. Eu ainda tentei botar de volta, minha mão ficou tingida daquela coisa. Minha filha esparramada no cimento. Teve uma hora que me puxaram de lá, nem sei.

*

O Chico sumiu. Faz sei lá quantos dias que ele não aparece e me bateu um desespero, Line, todo dia eu separo besouro vivo, guardo numa caixa de sapato com uns furinhos em cima, besouro também deve precisar de ar. Ontem fui no brejo, levei um saco plástico lotado de besouro e chamei: Chico, Chico, Chico. Veio tudo quanto é qualidade de sapo, rã, veio também passarinho, sabiá-laranjeira, joão-de-barro, até uma paca do mato. Espantei tudo, falei pra eles procurarem mãe, eu não sou mãe de mais ninguém.

*

Eu levei comigo a tinta do sangue dela e um cheiro de carne que não sai da minha mão nunca mais. Faz não sei quanto tempo e minha mão continua com o cheiro de açougue, que agora me lembra a Maria. Enfiei na cândida, cloro, meus dedos estão despelando, mas o cheiro ainda aqui. Agora já acostumei, até gosto, durmo com o polegar apoiado no nariz. Esses dias entrei no açougue do Dito Bruno pra comprar dois bifes e comecei a chorar. O Dito estava moendo uma peça de acém e o cheiro era da Maria, do dia em que ela morreu.

*

Uma vez ela me pediu um peixe. A gente tava passando em frente àquela loja de produtos agrícolas da Avenida Zancaner, tinha um monte de saco plástico, cada um com um peixinho. Ela me puxou pela mão e pediu: compra um pra mim, mãe? Ela não era de pedir as coisas assim, na rua, podia levar em mercado, padaria, que não ficava pedindo doce, bolacha, nada. Acho que por isso mesmo que eu falei sim quando ela me perguntou se eu comprava um. Falei pra ela escolher e ela quis levar um que tinha o rabo com defeito. O moço da loja estava perto e disse, escolhe outro, menina, esse daí veio sem rabo, vou até tirar daqui, só agora que eu vi. E a Maria disse, não, eu quero esse. O moço ainda insistiu, disse, pega outro, esse deve ter vindo doente, vai morrer em dois, três dias. Ela foi firme, é esse mesmo que eu quero, moço. E eu falei, tá bom, filha, leva esse. O moço só cobrou o pacotinho de ração, nem quis receber pelo peixe. Arranjei uma vasilha de vidro e a gente botou o peixe dentro, com um pouco da água do saco e outro tanto da torneira, do jeito que o rapaz da loja explicou. A tia Dodora era viva ainda e, quando viu, falou que a gente precisava ir na loja trocar, porque tinha vindo com defeito. A Maria tinha sete, seis anos, e sabe o que ela falou? Que a gente não troca quando tem defeito, que quando tem defeito a gente cuida. Na hora me deu uma coisa no coração, Line, eu não sabia o que era, mas é como se ela estivesse falando pra mim que eu não sabia cuidar. Ela caiu lá de cima porque eu não cuidei, e juro pra você que eu nunca quis trocar, nunca quis outra filha, mesmo que não tivesse rabo, que nadasse torto, que a cabeça tivesse um rombo por onde escorria carne e sangue e tudo. O peixe viveu um mês e meio. Um dia amanheceu inchado, a barriga esticada, a Maria chorou e não queria ir pra a escola, mas eu não deixei faltar. Quando a gente voltou, não tinha mais peixe, só uma água escura. A tia Dodora falou que ele foi inflando que nem bexiga até estourar, que ela viu o momento exato em que explodiu, pintando a água de marrom escuro.

*

Até a Maria completar cinco meses, a gente morava na cidade, só eu e ela. A tia Dodora ia quase todo dia, levava feijão fresco, sopa, torta de frango. Quando não ia, ligava três, quatro vezes, queria saber como a gente estava, se o leite estava saindo direitinho, se a Maria tinha dormido de noite, se teve cólica, de que cor estava o cocô. Todo dia pedia pra gente se mudar pro sítio, o tio Valter também insistia, falava que não tinha cabimento nós duas na cidade, que era melhor pra Maria crescer na roça, perto de bicho, árvore. Eu nem sei por que, juro pra você que não sei, mas eu queria ficar sozinha com ela. Só aceitei morar no sítio quando deu escorpião na casa, uma infestação, Line, um dia peguei um dentro do berço, bem no travesseirinho onde a Maria estava dormindo um pouco antes. Não consegui dormir mais nem um dia naquela casa, o tio Valter mandou dedetizar e tudo, mesmo assim, Deus o livre, era do amarelo.

Sabe que eu até gostava dos dias que a tia Dodora não ia, só nós duas em casa, eu e minha filha. Eu dava um banho nela, a água quase fria, porque um calor, Line, um calor, esses médicos que dizem que água de banheira deve ser morna não conhecem essa terra. Eu escolhia uma roupa bem bonitinha, dava de mamar, depois botava ela no carrinho, a gente ia dar uma volta na cidade, andava pela Quinze de Novembro até aquela praça que tem os dois coretos, de vez em quando parava na padaria, eu comia um pão de queijo, bebia uma vitamina de abacate. Um dia eu estava empurrando o carrinho naquela descida antes de chegar no Alípio Gomes, uma senhorinha me parou pra perguntar o nome da bebê, puxou conversa e tal. De repente viu que a Maria não estava presa no cinto e deu um grito. Eu nunca prendia o cinto quando a gente ia passear, achava que não precisava, era desses carrinhos que o bebê fica deitado, feito uma caminha, achava que o cinto podia machucar, prender a pele da barriguinha quando encaixasse a trava. A velha falou, você é doida, minha filha, em tempo da sua nenê rolar pra fora numa descida dessas. Não dormi umas três noites pensando em tudo de ruim que podia ter acontecido, ela podia ter rolado na rua, um carro passava em cima, nem sei.

Foi nesse dia que eu percebi que não tinha mais jeito. Quando ela começou a engatinhar, andar, ir pra escola, cada vez que levava um tombo, que batia a cabeça, na hora eu até ficava calma, acudia, botava gelo. O problema era de noite, Line, quando a noite chegava, eu não conseguia dormir pensando: e se ela tivesse voado do carrinho, se tivesse batido a parte da cabeça que não tem osso, se estivesse dentro do berço na hora do escorpião amarelo, se não tivesse desengasgado com o pedaço de cenoura?

Dezesseis

Dezoito

Vinte e dois

Vinte e dois

Vinte e três

A barriga ainda não apareceu, mas Ilana sente alguma coisa nadar dentro dela, achou que fossem gases, mas o médico disse que não, é o seu bebê. E ela não queria bebê nenhum, mas um é melhor do que dois, na primeira consulta já perguntou se eram dois e o doutor disse que não, é um só. Ainda assim tem medo de que na hora do parto o médico avise, tem mais um, mãezinha, e ela vai dizer que não quer, não sabe nem se quer este, o que está nadando na barriga feito pum. Não decidiu se vai ficar com a criança, queria que tivesse um lugar para deixar filho, que nem aquelas caixas de papelão da farmácia de doação de roupa para gente pobre, ninguém pergunta, quem deixou esta blusa laranja, quem foi que deu esta calça preta de botão dourado?

Ontem contou para a tia Dodora e para o tio Valter da gravidez. Depois que o pai foi internado, a tia vem três ou quatro vezes por semana, insistiram muito para ela se mudar para o sítio, mas Ilana disse não, quer ficar sozinha na casa. As paredes estão rachadas e ela não dá conta de limpar a poeira dos móveis, a fuligem que cobre o chão em época de queimada de cana. A tia Dodora voltou a falar sobre morar no sítio e agora vai insistir muito, porque Ilana tem um bebê na barriga e a tia ficou feliz, chorou de alegria, o tio Valter disse que não fazia mal que a criança não fosse criada com pai, que ele podia ser um pouco pai, disse: um pai quase avô, e todo mundo riu, a tia Dodora alisando a barriga de Ilana, só assim pra você ganhar peso, hein, Lana?

Contou para os tios que o Jane é o pai do bebê. O Jane usa uma faixa imitando o Rambo e quando eles transaram estava com a fita vermelha amarrada na testa, ela achou cafona, ainda assim gozou, fingiu que não, fechou os olhos e mordeu a boca, ele deve ter achado que ela sentia dor, mas nem falou nada, continuou se contorcendo dentro dela até ejacular. E agora filho. Tivesse coragem, abortava. Talvez tenha, ainda não sabe. De repente compra o remédio na farmácia e toma, depois liga para a tia e diz que está sangrando. Médico nenhum vai perceber que foi de propósito. Ou será que vai? Será que chamam a polícia, mandam ela presa, abrem processo, essas coisas?

O telefone toca e Ilana está deitada no sofá, a televisão ligada em um programa que anuncia a prisão de um suspeito de matar a pauladas a mulher, a filha e a cachorra. A cachorra se chamava Inês e o nome da mulher e da filha o moço da televisão não fala, diz, matou a sangue frio, com um pedaço de pau, a mulher, a filha e a cachorra chamada Inês, depois repete muitas vezes, a sangue frio, a sangue frio. Ilana pensa se o sangue dela é quente o suficiente para não fazer maldade nenhuma, não matar o bebê que está nadando dentro dela. O telefone ainda não desistiu e deve ser a tia Dodora. Precisa se levantar e atender, senão daqui a pouco o tio Valter pega a camionete e vem para a cidade saber se está tudo bem. Precisa atender o telefone, precisa fazer uma faxina na casa, precisa visitar o pai. Ele está internado há o quê?, um mês, um mês e meio, passou mal depois do jantar, a mão no peito, estou morrendo, Ilana, morrendo. Pensa que deve ter sido a única vez em que o pai falou o nome dela. Depois que a mãe morreu e Aline foi embora, ele quase não falava nada, de vez em quando passava um café e dizia: fiz café.

O telefone para de tocar por alguns segundos e em seguida recomeça. Ilana fala alô, já sabendo que é a tia Dodora. Oi, Lana, achei que você tinha saído. Ilana diz para a tia que estava tirando um cochilo e tia Dodora fala de novo sobre morar no sítio, a gente cuida melhor de você aqui, Lana. Ela não quer, nem sabe por quê, mas quer ficar na casa, ainda que as paredes estejam trincadas e uma poeira encapando tudo, a fuligem, pelo menos até que o pai morra e ela sabe que ele morre logo, os médicos disseram que não tem jeito, que o infarto danificou o coração de modo irreversível, o médico disse, irreversível, bem devagar. Pensa se a gravidez dela é irreversível, se o sumiço da irmã é irreversível, se esta tristeza que ela sente é irreversível. Lembra do trato que fez com a irmã aos cinco ou seis anos e torce para que Aline não tenha quebrado, mas ela sente que sim, que Aline morreu e deixou ela aqui. Ou está esperando o pai morrer para voltar e ela torce para que seja logo, que o telefone toque de novo e seja do hospital: sinto muito, mas o seu João Batista da Costa faleceu hoje às duas e dezesseis. E ela vai dizer para a pessoa que está do outro lado da linha não sentir não, porque ele era gente ruim. Mas não é verdade que seja só gente ruim, o pai sofreu com a partida da irmã e ela acha que por isso infartou. Não explodiu de repente, não foi tristeza repentina, foi estourando devagar, a cada dia uma bombinha de traque arrebentando o coração do pai, até que: estou morrendo, Ilana, morrendo. Ela nunca vai esquecer, a voz do pai falando o nome dela. Se estava morrendo, por que não morreu até hoje?, mais de um mês de atraso. Se era para morrer, que fosse logo, assim de uma vez, que nem a mãe. Sente falta da mãe, quando a mãe estava viva, Ilana era filha. A mãe cozinhava e limpava a casa, passava pano em cima dos móveis, fazia bolo de fubá com semente de erva-doce. Agora não é mais filha, pai nunca teve, porque pai de verdade não deve olhar filha dormindo e ela sente tanta raiva. Mas não é raiva de xingar, gritar desaforo, contar para os tios o que o pai fazia de noite, dizer que desconfia que ele deve ter feito mais com a Aline. É ódio morno. Ainda assim, de madrugada acorda com o coração disparado, sonha que soca a cara do pai até descolar a pele, moer nariz, olho, boca, o rosto afundado. Sempre o mesmo sonho.

O telefone não tocou mais e ninguém anuncia a morte do pai. Será que quando ele finalmente morrer dessa morte atrasada, a raiva vai embora? Tem medo de que a raiva diluída que vive dentro dela contamine o bebê, infecte a placenta, cordão umbilical, o bebê engordando no ódio.

São três da tarde e ela percebe que está encharcada, os cabelos, a nuca, aproxima o nariz da axila direita e está fedendo, uma cidade tão quente, sem inverno nem vento de outono, um céu que é azul para sempre, um calor que não vai embora com a noite. Decide tomar banho, tira toda a roupa ainda na sala e o moço da televisão agora conta de um outro crime, um avô que estuprou a neta de cinco anos, a menina teve uma hemorragia interna e está no hospital em estado grave, o apresentador fala, estado grave, no mesmo tom em que dizia, a sangue frio. O moço não diz o nome da menina e nem do avô e Ilana queria saber, gosta do nome das coisas. Enquanto fala, estado grave, estuprou e criança, a foto da menina aparece em uma tela atrás do apresentador, está de vestido amarelo e as mãos seguram a roda do vestido, como se fosse fazer uma dessas reverências de princesa, o rostinho tombado para um lado, um sorriso de franzir boca e olho que com certeza é resultado de alguém falando do outro lado da câmera: sorria. O moço da televisão agora chora ou então finge que chora, tem a voz afetada e repete muitas vezes: monstro, monstro, monstro, enquanto a imagem do avô aparece na tela, um homem de cabelos grisalhos, a camisa aberta, está de cabeça baixa, as mãos na frente do corpo estão algemadas.

Procura o controle remoto no meio do sofá e aperta o botão vermelho do canto direito. A televisão desligada, uma camionete passa na rua anunciando as ofertas do supermercado Estrela Dalva, iogurte de dois litros sabor morango só dois e noventa e nove. Ela tem vontade de iogurte, quando o sol baixar vai dar um pulo no mercado.

Liga o chuveiro no frio e entra, não consegue evitar um gemido, a água está gelada, mesmo assim permanece, geme de novo, agora de propósito, tentando imitar o primeiro gemido, e não consegue, nunca consegue copiar o que o corpo faz sem querer. A água esguicha despregando o suor dos cabelos, pernas, barriga, Ilana se sente feia e cansada, tem espinhas no rosto e nas costas e a tia Dodora falou que é normal, a gravidez dá isso, Lana, depois passa. E ela quer que passe tudo, as espinhas e a gravidez, esse sono permanente, uma vontade de ficar deitada, ouvindo o moço da televisão dizer: monstro, monstro, de vez em quando o carro de ofertas: pó de café Bom Grão por três e oitenta e cinco.

Senta debaixo do chuveiro, olha o azulejo amarelo, as florzinhas brancas, quase todas as partes estão rachadas e dentro de cada fissura um lodo preto. Tem pena do azulejo trincado e do lodo preso nas fendas, pena do bebê que não nasceu, pena do pai quase morrendo todos os dias há um mês, um mês e meio, da irmã morta ou viva em terra estrangeira coberta de neve, da mãe que devia saber o que o pai fazia na madrugada e ainda assim nunca fez nada. Também sente raiva. Do azulejo rachado, do lodo atolando as rachaduras, do bebê que dá espinha nas costas e sono no corpo inteiro, da irmã morta, enterrada de gelo até a boca, do pai sobrevivendo à morte, quando deveria estar morto há muitos anos, tantos anos fossem necessários para que nunca se levantasse de madrugada fazendo tremer o assoalho, tantos anos fossem necessários para que nunca nem nascesse. Então ela não nasceria também, nem a irmã, nem o bebê que carrega agora, que tomara que não nasça nunca, morra na barriga assim, de repente, e então não vai ser culpa dela, não vai ser do Cytotec que ela ainda não teve coragem de comprar, vai morrer de nada, um sangramento, e a tia Dodora leva no PS e o médico fala, essas coisas são assim mesmo, muita gente perde o bebê no comecinho.

O telefone toca e Ilana está debaixo do chuveiro, deve ser a tia Dodora de novo, talvez dizendo que comprou um macacãozinho amarelo, bem neutro, assim pode usar se for menino ou menina, ou que está fazendo pé de moleque e que mais tarde passa para trazer um pouco, ou vai contar que o tio Valter matou mais uma cobra no chiqueiro, uma coral falsa, e que eles quase morreram de susto pensando que era verdadeira.

Não. Ilana não sabe, mas do outro lado do telefone tocando sem parar está uma enfermeira pronta para dizer que João Batista da Costa está morto, com o atraso de um mês, um mês e meio, mas finalmente morto.

*

Três e cinco da tarde, a última vez em que vi minha filha. Ela tava aflita, a professora de balé não gosta de atraso. Não olhou pra trás quando desceu do carro e eu disse, vai com Deus. Ela foi embora sem me dizer amém. Tinha falado que eu não precisava esperar, que depois do balé ela ia fazer um trabalho de escola na casa da Marcela. Toda terça e quinta eu ia com ela pra a cidade, deixava no balé, passava no mercado, padaria. Às vezes eu não fazia nada, só sentava no banco da praça. Passei no açougue, comprei um quilo de carne moída pra fazer macarrão com almôndega, cheguei em casa e fui descansar. Eu canso tanto, Line, cada vez que vou na cidade, que falo com as pessoas: meio quilo de alcatra, tira a capa de gordura, no débito, quanto é a revista, me vê um pacote de fubá. Eu tinha combinado de passar na casa da Marcela às seis. Ainda perguntei se ela queria levar um lanche, eu faço um pão com queijo e tomate, não quer, filha? Ela não queria, mesmo assim eu fiz, não gosto que ela fica o dia inteiro sem comer.

Seis horas cheguei na cidade. Do lado da torre de telefone uma gentarada, pensei em desastre, um carro metido na torre, descarga elétrica. Aí vi a amiga dela, a Marcela. Procurei a Maria, ia dar bronca, onde já se viu xeretar desastre dos outros, vai estudar, ser alguém na vida pra sair dessa bosta de cidade. Deixei o carro ali mesmo, de atravessado, só queria achar minha filha, dizer pra ela: vamos pra casa que fuçar desgraça traz coisa ruim, fiz almôndega, ainda tem que recolher galinha, regar o tomateiro, essa cidade não chove, meu Deus, uma secura. A Marcela me viu e falou, tia, de um jeito que parecia estar pedindo desculpa, cadê a Maria, Marcela? Ela chorou e virou a cabeça pro lado da torre. Tinha um monte de gente. Um monte. Eu fui chegando e o povo abrindo passagem. Aí eu vi, Line. Minha menina espatifada. As pernas e os braços de um jeito que não pode ser vivo. Peguei ela e fiquei sacudindo. Ninguém mandou largar, dizendo que não podia pegar acidentado, que magoava a coluna, ninguém falou, espera que o resgate já vem, a ambulância leva pro hospital, eles consertam ela pra você, volta nova. Ninguém falou nada.

*

Esses dias eu comprei um pacote de fraldas no mercado, nem sei por que, fazia quinze, catorze anos que eu não comprava fralda. A moça do caixa perguntou, que idade tem seu bebê e eu comecei a chorar, ela passava os produtos na leitora, bip, bip, bip e eu chorava. Agora quando eu tento dormir, fecho os olhos e escuto o bip, bip e a Maria voando da torre. Será que ela teve medo, Line, sentiu frio, vontade fazer xixi, será que ela quis desistir?

*

Você podia voltar, Line, morava comigo aqui no sítio, sempre teve jeito com planta. Lembra que o seu Clóvis foi lá em casa perguntar pra mãe o que ela botava nas samambaias pra ficarem tão bonitas e a mãe mandou eu te chamar, porque era quem cuidava das plantas, e foi você que explicou pro seu Clóvis que era casca de ovo, que você esfarelava na terra uma vez por mês e a casca tinha que estar sequinha, não podia ter baba nem nada, e disse pro seu Clóvis regar dia sim, dia não, e sempre no fim da tarde, porque no calor do meio dia a água cozinha a raiz da planta. Eu achei bonito, Line, você parecia uma professora explicando uma matéria difícil. Se você estivesse aqui, as plantas ficariam vivas, o tomateiro, a espada de São Jorge que eu plantei na porta de casa pra afastar mau olhado, a amoreira na beira da cerca. Antes eu até aguava. Agora parece um deserto, tudo que é planta escurecendo de marrom, a terra trincando de seca, não reguei nunca mais, faço questão de não derramar uma gota de água.

Dezoito
Vinte e dois
Vinte e dois
Vinte e três
Vinte e nove

Ilana se senta no sofá, pega a sacola que está em cima da mesinha, dentro um novelo cor-de-rosa, um par de agulhas de plástico. Ela queria da mais grossa, assim terminava logo, mas a tia Dodora disse que não ficava bom: ponto muito largo faz a nenê sentir frio, Lana. Quem é que sente frio nessa merda de cidade, tia? Não disse nada, a bebê na barriga pulando que nem sapo com soluço. Não queria a lã rosa, mas a tia perguntou, pode ser essa daqui, Lana? Ã-hã. Preferia a branca, até a amarela, e que a agulha fosse tão larga que terminasse a manta em um dia. Pronto, acabou, nunca mais. Não tem vontade de fazer nada. E não só agora, a barriga imensa, desde que descobriu um desânimo, uma vontade de deitar e de ficar deitada. A tia Dodora e o tio Valter que fizeram tudo. O tio Valter comprou berço, mandou fazer cômoda, a tia Dodora viu as roupinhas, arrumou fralda de boca do lado direito, no esquerdo as outras, macacão de frio na terceira gaveta, como se tivesse inverno nesse forno.

A televisão está ligada e é alguma coisa de entrevista, uma apresentadora de vestido vermelho pergunta para um velho que está sentado em uma cadeira acolchoada. O velho é muito velho e parece dormir, os ombros engolidos para a frente, as pálpebras quase fechadas. Qual é sua dica para passar dos cem? E o velho resmunga alguma coisa impossível de entender, a legenda na parte inferior da tela: idoso de cento e três anos dá conselhos de longevidade.

Ilana já tirou o lacre de papel do novelo, desenrola a lã, faz o primeiro ponto, o segundo, quantos para ficar de um tamanho bom?, a agulha é comprida, cabem quinze, mesmo assim vai ter que emendar, não faz tricô há uns dez anos, era menina ainda, um cachecol verde para a viagem de Poços de Caldas, a irmã fez um azul.

Faz quatro anos que a irmã nunca mais voltou. Não, na verdade menos, porque quando ela foi embora não era para nunca mais voltar, quatro meses e estaria de volta, só quatro meses. Quando é que soube que a irmã nunca ia voltar?, como é que a gente sabe que alguém sumiu para sempre? Foi devagar. Deu quatro meses, ela não voltou e normal, deve ter atrasado, esse negócio de avião, ainda mais no estrangeiro. Deu seis meses e onde diabo que ela se enfiou? Dois anos e será que está morta? Se morreu há dois anos, foi com vinte, nada de longevidade, palavra feia.

Já completou os quinze pontos, criando na agulha direita e passando para a esquerda. É bonito isso, uma agulha parindo, a outra recebendo. Ela podia dar à luz e entregar a bebê para a tia Dodora, toma, tá aqui seu ponto. Será que dá para não amar um filho?, ter raiva, desejar que morra com um mês de vida, com um ano, dez, com cento e três?

Não quer ter raiva da bebê, mas tem medo de que tenha, porque é muito tempo. Queria ser mãe só por um dia, uma semana. Pronto, acabou, nunca mais. Quando descobriu, o teste de farmácia com dois pauzinhos, chorou, Deus que me perdoe, eu não quero. A cartela de Cytotec no lixo, novinha, não teve coragem. Não sabe se não teve coragem de matar a bebê que era só um girino ou se teve medo de morrer.

A manta cresce feito um filhote de cortina, já tem sete carreiras e o cor-de-rosa parece flor de hibisco. Gostava de brincar com a irmã, apanhavam dois hibiscos do canteiro do seu Clóvis, enfiando a mão na grade branca. Primeiro as flores dançavam, eram bailarinas. A da irmã sempre dançava mais alto, dava pulos enormes, rodava que nem se fosse uma hélice de helicóptero de pirulito. Quando cansavam de dançar, a irmã dizia: agora elas têm dor de barriga, e ambas simulavam a dor de barriga das flores, tô com diarreia, preciso de um banheiro urgente. A irmã falava cagar, ela não tinha coragem e não falava nada. Tem que falar cagar, Lana, se não falar cagar, a brincadeira não tem graça. E cada uma despetalava sua flor, até que a bailarina ficasse sem saia, só a coroa de pólen. Daí a irmã dizia: ai, vou tirar minha coroa pra não sujar de bosta. Fala bosta também, Lana, tem que falar bosta senão fica chato. E era bom falar, ainda que fosse baixinho, bosta, bosta, bosta. E cada uma decapitava a coroa da sua flor. Depois era a hora, a preferida da irmã e a dela também, apertar a extremidade do hibisco até que saísse a semente branca, um cocozinho vegetal.

Quando era criança pensava se todo mundo cagava mesmo, porque tinha gente que tinha cara assim de nunca cagar. A Carolina da dona Ana que cheirava a xampu caro e levava para a escola caneta de doze cores e mochila de rodinha. A irmã falou que não, todo mundo caga, Lana, se não caga, morre. E vai ver foi isso o que o velho disse, quase dormindo na cadeira acolchoada, qual é sua dica para passar dos cem?: cagar muito, cagar toda hora.

Deus que me livre de passar dos cem, minha filha vai ter o quê?, oitenta?, setenta e oito. Será que uma mãe de cem tem que cuidar de uma filha de setenta e oito?, uma de sessenta cuida da que tem quarenta?, se tem quarenta, precisa cuidar da filha de vinte?, quando é que acaba o para sempre de ser mãe? Acaba? E é um para sempre que não começa a partir de quatro anos, feito o sumiço da irmã, um para sempre que já nasce assim, um inferno. O Cytotec lá, apodrecendo em algum lixão, será que alguém encontrou? Uma grávida de dois, três meses, no meio de casca de melão, jornal velho, panela sem cabo, encontra a cartela e, que sorte, os pedaços do bebê escorrendo, um bracinho, uma perninha, uma meleca que pode ser o intestino ou fígado, um dentinho minúsculo ainda escondido na gengiva. Será que um bebê já nasce com os dentes todos guardados na boca?

A cor é feia, quase horrorosa, vai dar até dó de enrolar a menina na mantinha. E assim é bom, ter pena da bebê que ainda nem nasceu, porque se agora tem pena, quando nascer, talvez sinta o amor rebentando as gengivas, igual à semente eclodindo na extremidade do pistilo.

A mulher de vestido vermelho não está mais na televisão, nem a cadeira acolchoada, o velho muito velho já foi para sua casa de velho, para a sua vida de velho, a cada dia deve pensar que é o último e deve sentir uma tristeza funda quando chega a noite e ele percebe que tem mais e mais e mais, até chegar nos cento e quatro, cento e cinco, um para sempre que nunca acaba. Credo.

A novela já vai começar, enquanto isso um comercial, o assoalho vermelho brilhando e a dona de casa sorrindo, a embalagem de cera em uma das mãos, um pano na outra, o locutor diz: só dá pra ser feliz se for de casa limpa. Ilana olha em volta, a casa está pura sujeira e deve ser isso.

Agora a manta se parece mais com uma manta e menos com um filhote de cortina, quantos pontos já?, uns vinte, está indo rápido. Ilana percebe que errou um ponto, um buraco bem no centro, deve ter deixado escapar a laçada, agora já foi, teria que desmanchar umas cinco carreiras. Até mais.

A novela começou e é o dia em que a personagem que foi embora há muitos anos volta para a cidade. Está bonita e rica, ninguém a reconhece. Se a irmã voltasse, Ilana a reconheceria. Mesmo que estivesse rica ou suja, ou com cento e três anos, ou no lixo em busca de Cytotec.

Olha o buraco na manta cor-de-rosa hibisco e decide consertar. Tira os pontos da agulha, vai puxando a lã, as sete carreiras se desmancham, o buraco desfeito. Resgata ponto por ponto, até que os quinze estejam de volta na agulha. Pronto.

A mulher bonita e rica, com um chapéu preto enorme, está na sala de uma casa grande e limpa, limpíssima. Parece feliz.

*

Da primeira vez, achei que ele estivesse pedindo desculpas em pensamento. Ele tinha te dado uma surra de cinta, suas pernas listradas de vergão igual zebra. A gente tinha doze, você apareceu com a boca rebocada daqueles batons engordurados de passar com o dedo. Foi o jeito como você olhou pra ele, uma maneira de morder a boca que não era de menina. Ele assistindo jornal, quase na hora em que o moço falava boa noite. Já levantou desfivelando a cinta. Três lambadas. Você não deu nenhum grito, gemido, choro, nada. Eu chorando sem fazer barulho no sofá, a mãe deve ter ficado parada na cozinha feito estátua, a carne moída no fogo, o Bombril da panela, o açúcar derretendo pra calda do pudim. O mundo de boca calada, só o moço dando boa noite na televisão, como se a noite pudesse ser boa, Line, noite não é coisa de Deus. Acho que aquele foi o primeiro dia. Você dormindo, o ar saindo barulhento da sua boca, devia sonhar com unicórnios de asas laranjas, árvores de bombons, duendes cavando terra feita de nuvem, eu adorava esses seus sonhos. Você inventava, Line? Os sonhos? Eu gostava mesmo assim. Você sonhando com bicho de mentira e chocolate dando em árvore e eu não conseguia dormir por causa da lembrança das lambadas, pá, pá, pá. Daí ele entrou no quarto, sentou na beira da sua cama. Achei bonito. Era covarde pedir desculpas com você ferrada no sono, mas era bonito também. Mas aí ele enfiou a mão dentro do shorts, a outra no joelho, foi rápido, no final um gemido dolorido, juro que na hora nem entendi direito. Só tirou a mão esquerda do joelho quando a direita saiu de dentro dos shorts. Eu nem respirava, devo ter ficado uns dois minutos sem respirar. Depois desse dia, era quase toda noite. Na minha cama ele só sentou uns dois meses depois. Eu achava que ele só gostava de você. Você sempre foi a mais bonita, a que imitava melhor as cantoras do Show de Calouros, passava batom sem borrar a boca, virava os cabelos de um lado para o outro, jogando a cabeça sem parecer ridícula. Um dia ele sentou na minha. Primeiro na sua, eu de olho aberto no escuro, escutando o barulho do tecido do shorts. Daí ele levantou de repente, sem tirar a mão de dentro. Levei um susto, Line, fiquei achando que ele tinha visto que eu tava acordada, que ia deitar a cinta nas minhas pernas. Fechei os olhos bem rápido. Ele sentou na beira da minha cama e naquela noite o gemido foi pra mim. Depois disso, era um dia na minha cama e três na sua. Sempre preferiu você. Se ele ia na minha, eu tinha raiva, tanta raiva, Line, e uma culpa. Se ele ia na sua, eu tinha raiva maior ainda. Eu desconfio que ele só ia na minha cama, quando você estava virada pra parede. Ele não conseguia ver seus peitinhos no tecido fino da camisola e procurava os meus. Eu virava pra ele ver melhor, acredita? Um dia deixei até cair a alça da camisola, de propósito.

Por que eu fazia isso, Line? Tanta raiva, tanta culpa. Você tem? Raiva e culpa? Até hoje penso por que não te falei nada. Eu podia ter falado pra você que sabia que ele te olhava à noite, que ele me olhava também. A gente pensava no que fazer, contava pra tia Dodora e pro tio Valter, ia embora de casa, viajava pra Alemanha pra nunca mais voltar. De repente a gente matava ele. Punha veneno na sopa de quirela. Não ia ter nem risco de ninguém comer, ele era o único que gostava e por causa dele a mãe fazia toda semana. Toda terça de noite tinha sopa de quirela pro pai. Ela fazia arroz com ovo pra gente. Lembro que da primeira vez o pai falou que era frescura, que ia obrigar a gente a comer a quirela. Ela foi para a cozinha e voltou com uma travessa com quatro ovos fritos, colocou no meio de nós duas. Foi a única vez que eu vi ela enfrentar ele. Mesmo assim não falou nada, só descumpriu a ordem que ele tinha dado. Você acha que ele batia nela, Line? Eu acho que batia sim. Nesse dia do ovo frito ela deve ter apanhado. Fico pensado se ela desconfiava que ele espiava a gente, Line, se algum dia acordou de madrugada com dor de barriga, sede, se deu falta do pai, se foi procurar ele, a porta do nosso quarto encostada, se entrou devagarinho e pegou ele sentado na sua cama ou na minha, o barulho do shorts, meu Deus, mesmo se eu viver cento e cinquenta anos, o barulho nunca vai sair da minha cabeça. Se a gente tivesse envenenado ele, de repente nada disso teria acontecido, Line. Nada. Você nem teria ido embora e a Maria não tinha morrido. De repente ela nem tinha nascido.

*

Deve fazer mais de dois meses que não vou na cidade, perco as contas dos dias, não sei se hoje é sábado ou quarta-feira. Não compro mantimento, sabão, nada. E olha que dinheiro eu até tenho, pela primeira vez na vida não posso dizer que falta dinheiro. Tenho uma poupança que eu guardava pra Maria estudar, ela queria morar fora, Line, acho que queria te procurar, conhecer a tia que sumiu. Já tinha o dinheiro que a tia Dodora e o tio Valter deixaram, coloquei também o dinheiro da venda da nossa casa na cidade, botaram tudo no chão, destruíram tudo. Se você passar em frente não vai nem conhecer, tem um prédio desses grandes, com piscina e varanda de churrasco. Demoliram da nossa casa, até a casa do seu Nasser. Nem dá pra reconhecer a rua, a sorveteria da Alzira saiu de lá, mudou pra rua debaixo da praça, a farmácia do seu Vando fechou, abriram uma nova, dessas que vendem tudo, até chocolate, água de coco. Cortaram todas as quaresmeiras, todas, todas. Falaram que estavam condenadas, que podiam cair nas casas, no povo. Eu nem sei. Eles falam cada coisa, Line, e a gente vai acreditando porque não acreditar dá muita preguiça. Então eu acredito que os troncos estavam podres, que minha filha escorregou o pé, que um dia você volta pra morrer comigo.

*

Foi uma época tão boa, morando aqui no sítio eu, a tia Dodora e a Maria. Sempre tem uma época boa na vida, é que a gente só sabe que foi boa depois que passa. Eu saía de casa cedo pro serviço, o cabelo arrumado com bastante gel, fazia maquiagem, ficava com cara de mulher rica, você precisava ver. A tia Dodora ajeitava tudo, limpava a casa, dava de comer pra criação, cuidava da Maria, assava bolo. Quando eu chegava no fim da tarde, a janta já estava pronta e a Maria na televisão, de banho tomado e pijama. Por que eu não percebi, Line? Que era meu tanto de alegria nesta vida, por que eu ficava esperando mais, esperando arranjar um marido, uma viagem, uma casa nova, por que a gente está sempre esperando a vida ser melhor? Depois que a Maria dormia, a gente ia pro alpendre e ficava lá. De vez em quando até abria um vinho ou bebia uma tacinha de licor. Nessa época eu usava as taças, a travessa de lasanha, tudo. A tia Dodora contava história da infância dela e do pai, da vó Matilde que era pura ruindade, judiava dos filhos com reio de cavalo, vai ver por isso o pai era assim. Contava de quando conheceu o tio Valter, de como pelejou pra ter filho, dos dois abortos que teve, você sabia, Line? Eu nunca soube que ela tinha engravidado. Falou que foi antes da gente nascer. Engravidou duas vezes, perdeu ainda na barriga. Deve doer muito menos, isso de perder na barriga. Na barriga ainda é da gente, então não é morrer filho, é morrer a gente mesma um pouquinho. Ela contou que o tio Valter tinha uma amante, a vida inteira teve, uma tal de Maria Rosa do Alto, trabalhava de manicure nas casas. A tia Dodora contou que ele ficou com essa mulher mais de vinte anos. Ela soube desde o começo, disse que era da natureza dele ter outra mulher. Contou que na noite em que ela perdeu o segundo bebê, ele saiu do hospital pra dormir na cama da outra e isso ela nunca perdoou, que era a única mágoa que carregava dele.

Teve uma noite que eu tive vontade de contar do pai. Ela já estava doente, foi bem no final, o câncer tinha alastrado, os médicos nem indicavam mais tratamento. Foi a última noite que ela não teve dor de gritar, no dia seguinte já acordou urrando, era uma dor que não passava mais, nem com morfina. A gente estava sentada no alpendre, bebendo uma garrafa de vinho no bico, que nem duas adolescentes. Você pode imaginar a tia Dodora assim, entornando a garrafa, conversando comigo como se eu fosse uma amiga da vida inteira? Ela estava falando de você, dizia que não conseguia entender, Line, que faltava uma peça nesse jogo, que ninguém ia embora assim. Eu quase contei: o pai, o shorts, a madrugada. Eu ia deixar bem claro que ele nunca tinha encostado a mão em mim, juro por Nossa Senhora que ele nunca relou um dedo. Ia dizer também que em você eu não sei. É o que eu mais queria saber, ele encostou, Line? Foi você que quis, provocou até que ele tivesse coragem? Não contei nada pra tia Dodora. Tive pena. Ainda bem que não falei, dali vinte dias, ela morreu.

Vinte e dois

Vinte e dois

Vinte e três

Vinte e nove

Trinta e um

Aguenta firme, Lana, já, já a nenê aprende a mamar direito e para de doer. A tia Dodora nunca teve filhos, ainda assim ensina a ser mãe. Olha que narizinho, Lana, parece o seu, e Ilana acha que não, não reconhece nada dela na filha, nem mesmo do Jane.

Saiu do hospital há três dias e a tia está ajudando, insistiu para que ficassem no sítio, Ilana não quis. A tia Dodora está com ela, mas é só por um tempo, depois tem que voltar para o sítio, é muita coisa pro Valter, Lana, dar de comer pra porco, galinha, apanhar milho, ontem encheu duas sacas, no sábado ele traz pra gente fazer pamonha, faz tanto tempo que a gente não faz pamonha, não faz, Lana? Ilana lembra de quando eram crianças, ela e a irmã descascando as espigas, tirando os pelinhos enterrados entre as fileiras dos grãos, vez em quando uma taturana de milho, a irmã dizia, que nooojo, ainda assim despregava o bicho e jogava no fogo em que a tia ou a mãe mexiam o creme da pamonha. Ilana tinha dó, o corpo da taturana derretendo no fogo, pensava que a vida é esquisita, uma hora a taturana segura na palha do milho e no minuto seguinte estalando na chama até morrer queimada.

O seio sangra, no canto da boca da filha tem sangue também. Ainda não escolheu nome. Nasceu há cinco dias e não tem nome nenhum. A tia Dodora chama de a nenê: a nenê acordou, hora do banho da nenê, a nenê dormiu. Ilana queria colocar o nome de Aline, só para poder falar Line de novo, muitas vezes. Pensa na irmã o tempo todo, mas nunca fala sobre ela. A tia Dodora chora toda vez em que alguém menciona a Aline, diz que ninguém vai embora assim, para nunca voltar. Mas botar o nome de Aline na filha é o mesmo que aceitar que a irmã está morta e não quer que esteja de jeito nenhum, ainda que ache que sim.

A bebê dorme mamando e Ilana empurra a boquinha da filha, forçando a largar o seio de bico escuro, melecado de sangue e leite. A tia Dodora diz, vai tomar um banho, Lana, aproveita que a nenê dormiu.

Ilana tranca a porta do banheiro e liga o chuveiro no frio, entende por que a irmã escolheu a Alemanha para sumir, deve ser um inverno de perder de vista e ela não aguenta mais, o calor desta cidade de merda, os peitos rachados, a bebê chorando o tempo inteiro. Deve ser muito pecado não amar uma filha, então pensa que pode fingir, talvez de tanto fingir, um dia seja de verdade. Os pontos da cesárea doem, dois estão infeccionados, uma costura feia de linha preta, um ou outro sinal de pus. O médico disse que a bebê não desceu, por isso precisaram cortar, e ela gostou disso, a filha não querendo sair nunca mais de dentro dela. Pediram para ela não se mexer de jeito nenhum e ela não se mexeu de jeito nenhum e a agulha doeu no meio das costas, depois, mais nada. Um cheiro de carne queimada, ela deitada na sala azul, as paredes azuis e uma gente vestida de azul. O médico enfiou a mão no buraco feito pelo bisturi e, quando a mão saiu, segurava a bebê que não era azul, mas vermelha de sangue, salpicada de gosma branca, chorava tanto que o médico disse, essa aí nasceu botando a boca no mundo. E a bebê continua chorando, dorme dez, quinze minutos, e chora, a tia Dodora diz, é assim mesmo, Lana, logo o seu leite começa a sustentar e ela dorme melhor. Ilana ensaboa a barriga ainda inchada da gravidez recém-desfeita, o sangue que escorre da vagina é diferente de menstruação, os coágulos são enormes, ela tem medo de estar se desfazendo por dentro, perdendo pedaços do útero, bexiga, rim, tudo. Ainda está no chuveiro quando a tia Dodora bate na porta, o choro estridente da filha ao fundo, a nenê acordou, Lana.

A bebê mama de novo e a tia enxuga os cabelos de Ilana com a toalha, nem deu tempo de lavar, shampoo, condicionador, mal passou sabonete nas axilas, no corte, o médico mandou lavar bem para não infeccionar e está tudo infeccionado: a cicatriz da cesárea, os seios, o coração. Queria contar para a tia que não ama a filha, mas não tem coragem e também tem esperanças de conseguir. Se a bebê não chorasse tanto, se os seios cicatrizassem, se o corte fechasse, se a vagina parasse de expelir coágulos do tamanho de bifes crus, se Aline voltasse, nem que fosse daqui a sessenta anos para morrerem juntas, os dedos entrelaçados, duas avozinhas morrendo devagar para não doer.

A filha dormiu de novo e a tia volta a colocá-la no bercinho, diz que vai na cozinha fazer uma sopa, se precisar de qualquer coisa dá um grito que eu venho, aproveita pra descansar. Escuta os passos da tia na escada, é pesada como o pai, mas não o tum tum tum de raiva. Quando o médico do ultrassom disse, é uma menina, deu graças a deus que o pai estava morto.

Guarda o seio direito no sutiã, levanta-se da poltrona e vai até o berço, a filha dorme de lado, um pouco de leite no canto da boquinha, uma mão sobre a outra, a respiração movimentando a barriga para cima e para baixo no macacão cor-de-rosa, os cabelos escuros e no alto da cabeça um lacinho colado com sabonete. A filha é tão perfeita que parece uma boneca feita de louça, o nariz em forma de bolinha, as unhas minúsculas, moles como plástico quente, a pele avermelhada, os cabelinhos oleosos. Talvez nem precise fingir.

*

O Jane foi embora, te falei? Nem sei quanto tempo faz, acho que um mês, sei lá. Um dia botei as coisas dele numa sacola, não tinha quase nada, só três camisetas que eu comprei pra ele, duas bermudas, um chinelo, escova de dente, um cinto marrom. Ele disse que não queria ir embora, chorou, falou que não tinha mais ninguém. Você tem duas filhas, Jane, duas filhas vivas, vai deixar pra cuidar depois que elas morrerem?

Estou tão sozinha, Line. Só a Cleidinha vem de vez em quando, a Moira nunca mais veio. Ela não mora aqui, mudou pra São Paulo faz tempo, casou com um moço que é meio artista, pinta quadro, alguma coisa assim. Toda vez que ela vinha de São Paulo, passava aqui no sítio, trazia presente pra Maria, pra mim, quando a tia Dodora estava viva, até pra ela a Moira trazia presente. Ela não tem filho, diz que não pode ter, e uma vez eu falei pra ela assim: melhor coisa que você faz na vida é não ter filho. A Maria tava perto e eu não tinha visto, me deu remorso, um medo de que ela achasse que eu estava arrependida de ter ela e não estava, juro pra você que nunca arrependi, nem agora com ela morta. Quando a gente tem filho é um amor demais, tão grande que espreme pulmão, fígado, estômago. E se o filho da gente morre, isso que está dentro cresce ainda mais, o amor se mistura com alguma coisa que não tem nome e é escura, que nem massa de piche.

*

Quando o Jane ainda estava aqui, insistiu tanto que acabei aceitando passar no médico do postinho. Ele me levou de carro, antes me deu banho, me arrumou igual se arruma criança pra ir no pediatra. Ele me botou debaixo do chuveiro e passava bucha no meu corpo, ia esfregando e dizendo: nossa, Lana, nossa. Estou tão magra que parece que vou quebrar. O médico me pesou e deu quarenta e oito quilos. O Jane perguntou: o que que ela tem, doutor, e o médico levantou os dois ombros, assim como a Maria levantou os dela quando eu perguntei como ela sabia que eu ia morrer com sessenta e dois. E eu tenho tanta raiva disso, Line, dela ter falado sessenta e dois. Antes eu senta raiva porque queria que ela tivesse dito noventa e quatro, noventa e seis, queria ter netos, ser bisavó, morrer velhinha em uma cama de edredom cheia de travesseiros, a Maria e os três ou quatro filhos dela e o marido e os filhos dos filhos, o povo rezando Ave Maria e dizendo: vai com Deus, vozinha, vai com Deus. Agora eu tenho raiva porque queria que ela tivesse dito quarenta, que é a idade que eu tenho agora, quarenta e dois no máximo, que é o tanto que acho que aguento. Dentro de mim tem uma coisa que escorre que nem água de rio, só vai indo embora, indo embora, mas mesmo com tanta coisa escorrendo, com quarenta e oito quilos na balança, tem dia que eu não levanto da cama de tão pesada. O médico me passou remédio, falou que eu precisava tomar essas coisas de antidepressivo. Na hora aceitei, mas depois não. O Jane chegou até a comprar, tomei uns dias, depois parei.

Eu achei que a Moira não soubesse do desastre com a Maria, porque não veio me ver, não deu telefonema, nem nada, mas a Cleidinha disse que não, que ela sabe de tudo desde que aconteceu. As pessoas são estranhas, Line. Não só as pessoas que são os outros, mas também as pessoas que somos eu e você, a Maria, todo mundo. Não foi feito pra dar certo, isso de viver. Todo dia a gente acorda, passa café, reclama do preço da carne, do calor, da chuva, compra saco de lixo, detergente, bolacha, e quando vê, vem uma desgraça e não dá mais pra beber café, comer carne, lavar louça, juntar o lixo, recolher roupa do varal antes de tempestade. Nem acordar.

*

Ontem o Jane me ligou, fazia tanto tempo que o telefone não tocava que eu até assustei. Telefone agora me lembra desastre, não gosto nem de ouvir o barulho. Nem sei por que fiquei com essa cisma, não me avisaram da Maria por telefone, nem nada disso, eu vi, Line, Cristo rei, como eu vi. Queria apagar da minha cabeça aqueles olhos pintados de vermelho, os braços de boneca largada, a massa rosa escapando da rachadura, o cheiro de carne que acabou de ser moída. Eu falei, alô, e o Jane disse, Lana. Eu soube na hora que ele tava bêbado, passou vinte minutos no telefone só chorando, me pedindo desculpas por ter ido embora e eu falei pra ele: não foi você que foi embora, Jane, fui eu que te toquei daqui.

Achei que eu ia me sentir melhor, que ia me curar dessa capa de pomada anestésica que cobre meu corpo, mas não. Quando estava aqui, o Jane dizia o tempo todo: fala dela, conta dela. E quanto mais eu contava, menos eu sentia. Eu ouvia minha voz e era como se não fosse a minha voz, olhava o Jane e estranhava, como se não fosse ele, entende? As coisas iam perdendo o contorno, Line, como se eu estivesse vendo tudo pela primeira vez: o Jane, meu rosto no espelho, minhas mãos, como se eu visse minhas mãos pela primeira vez. Olhava as fotos da Maria e pensava, é minha filha, minha filha, arrebentada no chão que nem abacate maduro, e doía tanto, tanto, que não doía mais. O Jane todo dia bebendo um litro, um litro e meio de pinga, aquele cheiro de cachaça, chorando no altar da Maria, beijando as fotos pregadas na parede. Beijava tanto que babava, tem umas fotos que estão até começando a desbotar de tanta baba. Eu fui pegando um nojo, de vez em quando ele vinha pra perto de mim e eu sabia o que ele queria, porque homem, mesmo com sofrimento e tristeza, não morre da cintura pra baixo. Ele sofrendo igual cachorro escaldado em fervura, ainda assim uma ou duas vezes por semana me procurava e eu queria também, mas tinha raiva de querer, Line. Ele mal entrava e já se derramava todo dentro de mim, e eu nem tenho mais medo de filho, fiquei oca, sei que fiquei, eu não pego mais filho. Como posso ter vontade dessas coisas com minha filha morta? Eu nunca fui boa mãe, nunca, nunca. E eu tentei, juro pra você que tentei. Meu peito rachado e eu não deixei de amamentar, dava de mamar chorando, ela bebia meu leite misturado com sangue. Quando ela começou com lição de escola, eu dava um jeito de aprender a matéria pra ajudar, comprava roupa boa, dividia no cartão em dez vezes, não deixava andar molambenta nem nada, ajudava ela a colar figurinha nos álbuns. Tinha um álbum das princesas que ela adorava, umas figurinhas brilhantes, até mandei carta pra pedir as que faltavam, mas nunca responderam, botei o dinheiro no envelope, marquei direitinho as figurinhas que ela precisa pra completar e nada, durante quase um ano a Maria perguntava todo dia se as figurinhas tinham chegado.

*

Quando ela nasceu, a tia Dodora me deu um álbum do bebê, desses que a mãe tinha da gente. Mas o nosso era um só pra nós duas. A mãe colava um pedaço de cabelo, uma lasca de unha, um fiapo de manta, mas não indicava se era meu ou seu, então ficou tudo misturado, a minha unha com seu cabelo, e estava escrito, andou com um ano e três meses, andou com um ano e dois meses, e a gente não sabia qual era de uma e qual da outra. Da Maria eu fiz direitinho, um álbum só dela, e está escrito o nome completo na capa: Maria Andrade da Costa. Depois que ela morreu, o Jane queria mudar o registro, você acredita? Não foi pai a vida inteira e depois disse que queria que ela chamasse de Campos igual ele, foi até no cartório ver se podia fazer esse negócio de mudar a certidão de nascimento e tal, falaram que dava, mas que tinha que trocar também a de óbito. Eu não deixei, falei que de jeito nenhum que vai mudar, ela morreu minha, Jane, era só minha, só foi ser sua depois que não estava mais aqui. E se eu deixasse o Jane mudar o nome, nunca que ia escrever de Campos na capa do álbum do bebê. A tia Dodora escreveu com uma letra tão bonita, Line. Depois eu que fui completando, até pedi pra ela continuar escrevendo, a letra dela era melhor, mas ela disse que precisava ser a mãe. A mãe era eu. Eu vou ser a mãe pra sempre, até depois de morrer com sessenta e dois anos. Acho que é por isso que eu não tenho coragem de me matar, um dia eu quase tentei, ia tomar os remédios que o médico do postinho passou, todos de uma vez. Chegou na hora não tive coragem, faz um mês ou dois, nem sei, o tempo de agora é um encavalado de dia e noite e madrugada. Eu sentada na cama, um punhado de comprimido em uma mão, um copo de água na outra, era engolir e esperar arrebentar tudo e eu queria que arrebentasse, Line, sangrar igual porco. Daí lembrei da Maria falando que eu ia morrer com sessenta e dois e tive medo de tomar e não morrer, de ficar só aleijada, boba da cabeça, quem iria cuidar de mim, limpar minha bunda, dar comida na minha boca, ia ter que morar em hospital. Será que o Jane voltava do Mato Grosso, abandonava as filhas e a mulher pra cuidar de mim? Não sei, Line, não sei de mais nada e a verdade é que eu nunca soube. Você sabia de tudo, e mesmo o que você não sabia, dava um jeito de saber. Até hoje não entendo como você arrumou essa bolsa pra estudar na Alemanha, não sabia falar nem inglês, quanto mais alemão. Era o professor, não era? O gordo com cara de sapo, Tomás, Tobias, To alguma coisa, não lembro. Ele te olhava como se quisesse arrancar sua roupa com a força do olho e você sabia, Line, mordia a boca, cruzava e descruzava as pernas sem parar, eu tinha um nojo quando você fazia isso, um nojo. Pensava que era culpa sua, isso tudo do pai, que você mordeu a boca e cruzou as pernas até ele começar a espiar a gente. Eu não cruzei perna e nem mordi boca, mas por culpa sua ele me olhava também.

*

Eu botei fogo numas coisas da Maria. Separei pra guardar de lembrança a roupa de balé, dois cadernos de escola, a coleção de borrachas, uma presilha de cabelo em forma de girassol, uma blusa que ainda tinha o cheiro dela, a colônia do Boticário que ela passava depois do banho, o vestidinho do batizado, a manta de tricô que eu fiz quando ela nasceu, o primeiro dente de leite, o álbum de bebê, a bolsinha de balé, ainda respingada do sangue dela, um pingente em forma de concha, um cartão de dia das mães que ela fez com nove anos, escrito, te amo, mãe, dentro de um coração gigante, dois livros, a vela da primeira comunhão, um par de meias com desenho de urso panda. E só. O resto eu juntei no altar que o Jane fez, uma montanha até o teto: vestido, sapato, caderno, colcha de cama, travesseiro, chinelo de dedo, estojinho de maquiagem, mochila, escova de cabelo, o resto dos dentes de leite, trabalhinhos de escola, a mãozinha dela carimbada de tinta que nem se fosse uma flor, livros, pente, fronha, xampu, bucha, biquíni, tiara, tudo, tudo, tudo. Deitei dois vidros de álcool na montanha de coisas, acendi fósforo e saí. Quase que eu morro queimada, Line, o fogo pegou rápido demais, a construção que o Jane fez tinha muita madeira, chegou a pretejar minha roupa, mas eu saí. Devia ter ficado, queimava junto com tudo que era dela, mas eu sou tão covarde, Line, na hora em que o fogo veio vindo, eu desesperei e corri. Não presto nem pra morrer. O tamanho do fogo, você não pode acreditar, era maior que a casa, a parede do lado direito está da cor de carvão. Agora não tem mais nada pra queimar. Nem nada pra quebrar.

Vinte e dois

Vinte e três

Vinte e nove

Trinta e um

Quarenta

Maria corre em direção à mãe, traz uma minhoca morta na palma da mão direita e diz, faz ela viver de novo. Ilana fala para a filha jogar fora, minhoca morta é nojeira, faz doença na gente. Maria reluta um pouco, olha para a minhoca consternada, não fosse a vigilância da mãe, dava um beijo no lugar onde supõe ser a boca. O tio Valter disse que minhoca não tem boca nem olho e nem cu. Ele não disse cu, disse o buraquinho por onde sai o cocô. Mas Maria sabe, na escola um menino contou, o buraquinho de sair cocô se chama cu. Agora que o tio Valter morreu, Maria não vai saber de mais nada. A mãe nunca explica as coisas e Maria queria que a mãe dissesse que quando morre, não volta nunca mais. E ainda que Maria saiba que o tio Valter não vai mais explicar como a galinha choca ovo, nem por que a parreira cresce trepada, nem como a lua aparece antes de escurecer, gostaria que a mãe confirmasse: o tio Valter morreu para sempre.

A tia Dodora está mexendo o doce de cidra e chora, faz três meses e ainda chora todo dia, nunca na frente de Ilana e nem da Maria, chora quando lava o banheiro com água sanitária e quando mexe os doces que faz para vender. O tio não foi ficando cada dia mais doente, até que não aguentou. Fosse assim, era mais fácil de acostumar.

O tio Valter acordou às 4:45 da madrugada de uma quarta-feira, como fazia todos os dias, deu comida para os porcos, tirou leite da vaca, abriu o galinheiro, apanhou tomate, arrancou cenoura, alface, almeirão, separou a lata de tinta para pintar a cerca. Morreu segurando o pincel. Quando deu a hora do almoço, a tia Dodora estranhou ele não ter voltado e pediu que a Maria fosse procurá-lo. A menina voltou arquejando, dez minutos depois, estava tão aflita que não conseguia falar, tivesse conseguido, talvez teria dito: faz ele viver de novo.

Maria pergunta para a mãe se pode enterrar a minhoca e Ilana diz, ã-hã, distraída olhando as nuvens que se amontoam no céu, torce para que chova mais tarde, um calor do inferno, uma fuligem de cana sujando tudo. Hoje é domingo e Ilana não tem trabalho, só de segunda a sábado, é atendente no Boticário, sai de casa cedinho, olhos pintados, batom, a gerente diz que tem que ser assim e ela finge que se incomoda de se levantar meia hora mais cedo, de ter que aprender a usar lápis de olho, corretivo, blush. A verdade é que gosta de sair do sítio sozinha, deixando todo mundo, se sente outra pessoa, como se fosse a irmã indo embora para nunca mais voltar. Mas também sente culpa, a filha precisa dela e a tia também, ainda mais agora com o tio Valter morto. O tio é a coisa mais perto que ela teve de pai. Quando o pai morreu, com atraso de mais de mês, sentiu um alívio imenso e pensou que sentiria alegria, mas não, foi só o alívio mesmo. Agora com a morte do tio, sente um desânimo tão grande que nem consegue ficar triste demais. Sabe que a filha também sofre e não é capaz ajudar. Nas noites que sucederam a morte do tio, Maria acordava de madrugada, a camisola pesada de suor, gritando: tio Valter, tio Valter. Sonhava com o tio diminuindo e diminuindo, até ficar do tamanho de uma boneca, depois virava uma bola gigante, maior do que a casa, e estourava em um milhão de pedacinhos minúsculos, feito purpurina de carnaval.

Maria cava a terra com uma pazinha vermelha, a minhoca morta em cima do baldinho espera a cova para descansar em paz. Ilana se levanta do banco onde estava sentada e diz para a filha, daqui a pouco entra, que é hora de banho e janta. Maria não diz tá bom, só sacode a cabeça três vezes para cima e para baixo, tem lágrimas nos olhos. Ilana não vê.

Sem a vigilância da mãe, Maria pega a minhoca nas mãos e beija muitas vezes o lugar que não sabe se é olho-boca-cu e nem se importa, o choro enxágua a terra do corpo anelado. Coloca a minhoca no fundo do buraco e enche de areia, marca com uma pedrinha cinza e apanha uma flor de jasmim para fazer de luto. Reza uma Ave Maria errando umas partes, depois um Pai Nosso quase certo, queria rezar um creio-em-deus-pai, mas só lembra da parte creio-em-deus-pai-todo-poderoso-criador-do-céu-e-da-terra, por isso repete muitas vezes, creio-em-deus-pai-todo-poderoso-criador-do-céu-e-da-terra, as mãozinhas encardidas entrançadas em prece. Antes de se levantar, fecha os olhos e pede para que o tio Valter cuide da minhoca, que seja um pai para a minhoca sem pai. Não sabe se o céu das pessoas é o mesmo céu das minhocas. Acha que não, deve ter um céu para cada um: bicho, planta e gente.

Ilana se abaixa para passar a bucha nos pés da filha, Maria chora e diz que está doendo. Maria chora também na hora do shampoo, mesmo a mãe orientando: é só fechar bem o olho que a espuma não entra. A parede do banheiro está repleta de adesivos de florzinhas, corações, gatinhas de laços cor-de-rosa. A casa inteira tem marcas de criança. No batente do quarto que Maria divide com Ilana tem as marcações de caneta que o tio Valter fez para sinalizar o crescimento da menina, e ela queria que o tio medisse toda semana e ele dizia que se medir toda hora, a criança não cresce. A tia Dodora separou um pedaço da parede da cozinha para Maria desenhar. Agora a parede está toda estampada: uma fileira de pintinhos amarelos, arco-íris de sete, oito, dez cores, um deles feito com as doze cores do estojo de canetinhas, bolos de cinco andares, árvore de Natal com presentes, lagos com patinhos nadando, casinhas, ilhas, estradas, caminhões, cobras enroladas em árvore, uma rã verde salpicada de pintas roxas, uma lua com sorriso e olhinhos de cílios, bolas de sorvete empilhadas em casquinhas, flores de todas as cores, nuvens de chuva, chapéus de papai noel, palhaço, boiadeiro. A tia Dodora diz que está lindo, mas que falta desenhar gente, família, amiguinhos da escola. Maria não fala nada, mas acha que se desenhar gente vai estragar tudo, porque é bonito demais o mundo de bolas de sorvete, arco-íris de todas as cores, estrela, lua, patinhos, minhocas, chapéus e nenhuma pessoa.

Três panelas em cima da mesa, arroz com suã, costelinha e tutu de feijão. Ilana ignora o motivo do jantar especial, mas Maria lembra: é aniversário do tio Valter. Seria, se ele estivesse vivo. A tia

Dodora começa dizendo que não é motivo de tristeza, mas de comemorar o homem bom que ele foi, e Ilana então se lembra, se o tio estivesse vivo, faria sessenta e quatro anos hoje. Ilana se entristece de repente, porque, ignorando que era aniversário do tio, quase não pensou nele o dia inteiro. Pensou na chuva que estava para cair, no trabalho na loja amanhã, chegou uma coleção de batons e ela adora experimentar as cores quando está sozinha, pensou nos pés encardidos da Maria, se fosse uma boa mãe dava conta de desencardir, mas não, os pés estão sempre marrons e de vez em quando esquece de cortar as unhas da filha. Veio um bilhete da escola dizendo que a unha da Maria machucou uma coleguinha na hora do recreio, e ela teve medo de que tivesse sido de propósito e perguntou, segurando no braço da filha, fala a verdade, Maria, você enfiou a unha na menina? Maria começou a chorar e Ilana tomou o choro como confissão de culpa, um tapa no ombro, o segundo no rosto, no terceiro Maria abrigou a cara na dobra do cotovelo, a única vez em que bateu na filha na vida. Demorou três ou quatro dias para conseguir dormir, queria pedir desculpas, mas não teve coragem, sentiu medo de a Maria responder: não, não desculpo, e dizer as coisas que deviam estar engastalhadas dentro dela desde que nasceu. A tia Dodora nunca soube dos tapas, um no ombro, outro no rosto, o terceiro no vento, Maria com a cara protegida na dobra do braço.

A tia Dodora tem os olhos molhados de um choro que não é de agora, diz, o Valter queria ver a gente unida e queria ver você, Maria, fazendo direitinho a lição de casa, indo no catecismo e que você fosse feliz e por isso você precisa ser, por ele. Fala *ele*, bem devagar e nessa hora o choro escorre um pouco e ela se apressa em esfregar as pontas dos indicadores nas quinas dos olhos, piscando muitas vezes, como se fosse um cisco.

São oito horas e Maria está deitada, o lençol na altura do queixo, Ilana se senta na beira da cama da filha para rezar, está exausta, fica tão cansada no fim do dia que se pudesse nem jantava, nem tomava banho, nem rezava o Santo Anjo com a filha. Senta na beiradinha da cama, quer se levantar logo, queria rezar em pé ou então se deitar com ela, faz anos que não abraça o corpo da filha assim, as duas deitadas. Até a Maria completar dois anos e meio, dormia com Ilana na cama. Quando ela nasceu, o tio Valter comprou um bercinho de madeira, laqueado de tinta branca, um entalhe de flor em cada um dos pés, a tia Dodora comprou jogo de cama, manta, travesseirinho, tinha até um móbile de borboletas. Maria só dormiu no berço nos primeiros meses. Ilana amamentou a filha até ela completar dois anos e meio, era a única hora em que se sentia mãe, por isso não queria parar. A tia Dodora dizia que não era bom dar peito para criança crescida, precisa parar, Lana, cria dependência. Ilana ignorava o aconselhamento da tia e dizia baixinho para a filha, enquanto tirava da camisola o seio direito (o único que ainda produzia leite): não conta nada pra tia, é nosso segredo. Depois a Maria não quis mais, Ilana levava o seio em direção à boca da filha, a penumbra do quarto sempre quente e Maria dizia, eca. Ilana tomou a recusa da filha como ofensa. Depois da terceira noite em que Maria disse eca, Ilana forçou a cabeça da menina contra o próprio colo e ela mordeu o bico até sangrar. Ilana guardou o peito molhado de sangue e de leite e expulsou Maria da cama.

Ilana já rezou o Santo Anjo e deu boa noite, faz menção de se levantar, mas a Maria pede uma história. Ilana pergunta se pode ser Chapeuzinho Vermelho e a filha nega, quer história inventada, dessas que não são de livro, diz. Ilana fica em silêncio por alguns segundos, então começa a contar: era uma vez duas irmãs que viviam em um reino muito distante, cheio de flores e árvores amarelas, um lugar que era bonito e muito frio, fala de uma bruxa e de uma maldição, uma irmã só poderia morrer quando a outra morresse. Quando conta que uma das irmãs foi embora para sempre e a outra nunca soube quando poderia morrer, Maria dorme profundamente. Deve sonhar com minhocas vivas brotando da terra, nuvens das doze cores do arco-íris de canetinha, um reino sem maldição nenhuma, ou sonha com o tio de asas imensas de anjo explicando que o buraco de onde sai o cocô se chama cu e todo mundo tem: gente, minhoca, princesa, rãs salpicadas de roxo, mães de seios barrigudos de leite.

*

Eu preciso te contar, você nem vai saber que eu fiquei mais de um mês sem escrever aqui, mas eu preciso te contar que eu fiquei. Não só mais de um mês sem escrever neste caderno com a cara branca da Hello Kitty, mais de um mês fora de casa, vivendo no mato igual bicho. Eu quase que fui, Line, juro pra você que quase fui bicho. Eu não sabia que mês que era, nem dia, não sabia se tinha saído de casa numa segunda ou numa sexta, voltei com a roupa esfolada, imunda, os pelos debaixo do meu braço chegavam a enroscar de tão grandes, um cheiro, Line, um cheiro, nunca pensei que eu pudesse feder tanto, o engraçado é que a gente se acostuma. Não sei quanto tempo eu fiquei vivendo no mato, um mês, talvez tenha sido até mais.

Voltei faz seis dias. Agora sei, porque estou marcando direitinho. Cheguei em casa, deitei na cama da Maria e dormi, não sei quantas horas. Quando acordei, me enfiei debaixo do chuveiro morno, a cor da água que escorria do meu corpo, você não pode imaginar. Passei fio dental, os dentes atolados de fiapo, um cheiro de carne podre. Raspei debaixo do meu braço com gilete, as pernas, até a virilha, nem quando o Jane estava aqui eu raspava a virilha, os pelos vinham até o meio da coxa e eu nem ligava. Eu queria me sentir limpa. Da terra, do suor fedorento, do cheiro de mata, lodo, folha apodrecida, queria me sentir limpa do pai, do gozo do Jane, da morte da Maria, minha filha, Line, minha filha. Esfregava a bucha nas pernas e a sujeira ia amolecendo, arrancava com as unhas os flocos de terra, carrapicho. O cabelo tive que cortar, passei a tesoura na altura da nuca, gastei quase um tubo de condicionador pra conseguir desembaraçar. Eu estou tão magra, Line, tão magra, olhei meu rosto no espelho e levei um susto. A gente nunca acha que tá tão feia quanto imagina, uns olhos amarelos, que nem os olhos do pai antes de ir embora daquela vez, mas um amarelo mais escuro, sem o aguado que tinha no dele. Eu tava mesmo virando bicho, juro pra você, Line. Se eu tivesse ficado mais um mês na matinha, virava jaguatirica, preá, porco do mato, vaga-lume.

*

Quando eu vivi lá, pensava na Maria o tempo inteiro. Mas não era a lembrança dela. Era a Maria viva nas árvores, no chão, no lodo das pedras. Uma coisa esquisita, era como se ela não tivesse morrido, mas ao mesmo tempo nunca tivesse existido e existisse sempre. No começo doeu, Line, tanto, tanto que não tive força pra voltar pra casa.

Depois que o Jane foi embora, eu ia quase todo dia andar na mata. Até com tempo feio, ameaça de chuva, relâmpago, eu botava o tênis e ia pro meio do mato, às vezes caminhava duas horas, três, às vezes só sentava no chão e olhava as formigas carregando os pedregulhos. Se estava calor, entrava no riacho, lembra do riacho, o tanto que a gente pegou de lambari? Ele tinha secado, ficou não sei quantos anos sem água, só a tatuagem do leito no chão. Daí, depois da Maria ter subido lá, voltou a ter água. Uma água suja, que corre rápido, nem tem mais peixe, só girino.

Eu estava procurando minha filha, Line, desde que ela foi embora, é só o que eu faço. Procurei no Jane, nas fotos, no cheiro da carne do açougue, no tronco das árvores, no limo das pedras, na terra debaixo das folhas secas, nas aranhas, nos gafanhotos cor de folha. Até nas cobras. Vi tanta cobra nos dias em que estive lá, e todas elas eram um pouco a Maria, que me curei do medo, agora pode vir cobra me enrolar o pescoço, quebrar meus ossos da costela, eu nem ligo.

Eu fui no propósito de voltar, ia ser mais uma volta, talvez mais longa, talvez eu ficasse um tempo maior na mata, deitada no abrigo das árvores até escurecer, mas juro pra você que tinha intenção de retorno, não era louca de passar a noite no meio do mato. Mas quando escureceu, eu tinha encontrado ela, Line, tinha sentido minha filha no zumbido das vespas, na borracha escorrida dos troncos das figueiras, nas moscas azuis que comiam a carne dos bichos mortos. Não tive coragem de abandonar minha filha na floresta, mesmo sabendo que ela era a floresta. Nem tinha como levar ela comigo. Até o vento, a copa das árvores e a lua que clareava a mata, tudo era ela.

Minha filha não estava apodrecendo no miolo da terra, nem no céu transformada em anjo, não estava dentro de mim, no altar do Jane, no fogo que consumiu o altar e as coisas todas. A Maria era o veneno da mangava que me picou, não vou te dizer se no quinto ou oitavo dia, o tempo que fiquei lá foi um dia só e ao mesmo tempo foi o resto da vida, entende, Line? É como se eu tivesse passado uns dias ali de um tempo que existia sempre e vai existir pra sempre. Daqui a mil anos, cinco mil anos, ainda que não exista mais ninguém, que não tenha mais gente e nem bicho, mesmo que não tenha mais árvore e chão, a Maria vai estar lá. Ainda que não tenha mais mundo e ela seja só a poeira do universo, vai ser ela, Line, e vai ser pra sempre. E se eu tivesse mesmo conseguido, se tivesse virado bicho, fico pensando se ela tinha entrado em mim também. Minha filha é a natureza. Eu abraçava um tronco de ipê roxo e percebia o coraçãozinho dela batendo, lambia uma folha úmida e era o gosto da pele dela que eu sentia, escutava os macacos de arruaça e ouvia a voz dela dizendo: eu sei, mãe, eu sei. E agora eu descobri que ela sabia mesmo. Ela sabia que ia embora, mas na verdade não era ir embora, ela nunca tinha estado e tinha estado sempre. Quando a gente era menina e brincava de fogãozinho debaixo dos manacás, ela estava lá e estava no tronco da jabuticabeira e nas jabuticabas que a gente estourava nos dentes. Como eu não percebi isso antes, Line? Minha filha era o sempre do mundo. Estava aqui muito antes de ter gente, vida, dinossauros gigantes comendo grama e comendo bicho e, de repente, comendo pessoa, porque vai saber se não tinha mesmo gente no tempo dos dinossauros. A Maria viu Jesus nascendo e morrendo, as pragas todas do Egito. Eu gostava tanto dessa história, o negócio das pragas, gafanhotos chegando em nuvens, carneiro de pescoço cortado, ela viu tudo. E viu a gente cuspindo os bichos de goiaba, viu o pai e o gemido dolorido que ele dava, viu você indo embora. E ela sabe se você está me esperando pra morrer. E se você não tiver dado conta de me esperar, ela estava lá, Line. Viu o momento exato em que seu coração parou, sabe se estava frio, se nevava, se você pensou em mim, na mãe, no pai, você nem soube que ela existia, morreu sem saber que tinha uma sobrinha aqui. Mas mesmo você não sabendo, ela estava lá, no chão de neve em que você caiu, de repente com a mão no peito. Ou na maca do hospital, fechando os olhos, ouvindo as enfermeiras falarem uma língua estranha, mas que devia significar: essa aí não tem mais jeito, diz na ficha que é brasileira, será que tem telefone da família?, e não tinha, se bobear na ficha não tinha nada, nem seu nome. Mas a Maria estava lá e sabe se você estava com vinte e sete ou trinta e um, sabe que a cicatriz atrás do seu joelho direito foi da queda da laje lá da nossa casa, sabe que você transou a primeira vez com quinze anos e depois disso com mais vinte ou trinta homens, meninos, talvez até mulheres, talvez até o pai. Ela sabe que o Jane quis ser pai dela depois que ela morreu e que se eu pudesse, passava a vida inteira na matinha, dormindo em oco de árvore, nadando o riacho, comendo seriguela, chupando manga até os fiapos atolarem os vãos dos meus dentes.

*

No tempo em que eu quase fui bicho na mata, Line, aconteceu um negócio que eu não sei se aconteceu mesmo, porque tem hora que parece que eu vejo coisa que não tem. Até piado de passarinho eu duvido, porque escuto uns sons esquisitos, pássaro com barulho de cobra, miado de gato.

Eu fiquei menstruada quando eu vivi lá, mas nem disso eu tenho certeza, se eu te disser que tenho, vou estar mentindo e eu não tenho por que mentir pra você, até porque você nunca vai ler, Cristo rei, como pode alguém sumir assim, desaparecer no mundo, pra onde vai alguém que desparece pra sempre? Quando eu era criança, ficava encafifada com a água que evaporava, às vezes a mãe esquecia a água fervendo para o café e a água sumia, estava na leiteira e depois não estava, e todo mundo vivia em paz com isso, a mãe dizia, Jesus, esqueci a água do café, e enchia a leiteira de novo e tornava a ligar o fogão, mas eu não parava de pensar pra onde tinha ido a água que sumiu. A professora explicou dos estados da água e tal, que vai evaporando na fervura, ainda assim eu ficava pensando isso, da água ter ficado invisível no ar. E eu me perguntava pra onde iam as letras quando a gente apagava com a borracha, os números, mas nunca que tinha coragem de perguntar pra você, porque você ia rir muito e contar pra Moira, pra Cleidinha, pra Carolina, e todo mundo ia pensar que eu sou burra e eu sou mesmo, Line. Só sendo muito burra pra pensar na água que evaporou e nos números apagados, nos quilos emagrecidos, pra onde vão todas as coisas que desaparecem pra sempre?

Eu fiquei menstruada no final, uns dias antes de voltar, e foi por isso que eu voltei. Eu não sabia que era o final, minha intenção era ficar até morrer. Eu fiquei menstruada e ele começou a me seguir. Eu não estou dizendo que ele me seguiu com certeza, não tenho certeza nem de que ele estava lá. Não pude nem ir na delegacia, dar parte na polícia, nada disso, porque eu nem sei se aconteceu mesmo. Eu tenho duvidado de tanta coisa, eu devia ter te perguntado se o pai te olhava, porque aí eu tinha certeza de que não estava louca, de que não estou louca agora. Eu nunca falei pra ninguém do pai e isso guardado dentro de mim parece mentira, porque as coisas que vivem dentro da gente precisam sair e tomar ar pra virar verdade. Eu devia ter te falado, porque se eu tivesse dito: Line, o pai me olha com a mão dentro dos shorts enquanto eu durmo, a verdade engordava. A verdade presa dentro da gente resseca que nem planta que não ganha sol.

Eu não tenho certeza se ele me perseguiu no mato, eu acho que sim, foi isso que me fez voltar. Ele estava me caçando, Line, o seu Dito, queria me montar que nem se eu fosse égua. Ele achou que eu tinha virado bicho e com bicho não deve ser pecado forçar. Você lembra o que os meninos da escola contavam que faziam com as galinhas, com as burras, com as éguas? Todo mundo dava risada e ninguém falava que era pecado, coisa de gente ruim. Era pecado fazer à força com mulher, não com bicho. Mas eu ainda não era bicho, era gente, por isso corri pelada na mata, ele correndo atrás, a calça já desfivelada, juro pra você que ele já tinha deixado o botão aberto e o cinto desengatado. Achei que eu fosse morrer, Line. É uma coisa tão engraçada isso, porque a gente quer tanto morrer, mas quando está quase pra morrer, não quer mais, porque a vida dentro da gente tem uma vontade que é maior que a nossa, e eu fico pensando se a Maria nasceu com defeito, se dentro dela a vida não queria continuar. A tia Dodora falava que a gente não morre quando quer, mas quando pode, e eu acho que não, porque ali, correndo do seu Dito, eu podia morrer, porque não tenho mais nada, e ainda assim eu tentei ficar viva. Corri sem parar até chegar em casa e ainda vi ele se derramar todo na terra, juro pra você que vi, Line, se eu não estiver louca, eu vi.

*

Agora eu risco os dias no calendário, acordo cedo, passo café, dou comida pros sapos, o Chico nunca mais veio, ainda assim tem um monte de sapo que pegou costume de vir aqui na minha porta pedir besouro. Toda noite eu encho uma sacola plástica de besouro pra distribuir pros sapos de manhã cedo. Depois de beber café sentada no sofá vermelho e dar de comer pros sapos, risco o dia no calendário. Agora sei direitinho o mês, a semana, o ano. Ainda assim tudo acontece de novo igual, como se eu estivesse presa em um dia que não acaba nunca mais. Todo dia eu perco minha filha pra sempre, todo dia ela se arrebenta no cimento, as coisas escorrendo do buraco. O que fazia a Maria ser a Maria era aquilo, a carne rosa que saiu da cabeça. Devia ter guardado, botava num pote com álcool, tinha pelo menos um pedaço dela comigo. Você acredita que fui no túmulo só uma vez? Uns dois meses depois dela morrer, a Cleidinha me levou, insistiu, disse que era importante, sei lá, acho que ela estava achando estranho meu jeito de lidar com as coisas, nessa época eu não chorava. Será que tem um jeito certo de viver com morte de filho, tem que ir no cemitério todo dia, não deixar secar o vaso de flor, esfregar o túmulo igual a mãe fazia na véspera de finados? O túmulo dela é de azulejo marrom claro, eu só assinei o cheque, nem sei quem escolheu, perguntei pra Cleidinha e ela não sabia também, a Maria detesta marrom, Line, detesta. Uma quantidade de flor você não pode imaginar, depois fiquei sabendo que eram os colegas, a escola estava fazendo um negócio com psicólogo e tudo pros alunos lidarem com o luto, essas coisas, e uma das tarefas era ir ao cemitério levar flor, e tinha um monte, gérbera, crisântemo, margaridinhas brancas, tudo seco, em vaso embrulhado em celofane vermelho. Eu sentei no túmulo, abrindo um espaço entre os vasos, e abaixei a cabeça, a Cleidinha deve ter achado que eu estava rezando, mas não. Eu tava é pensando na Maria debaixo da terra, se a pele já tinha despregado dos ossos, se os cabelos tinham apodrecido, e quanto mais eu pensava, mais eu não queria pensar e mais eu pensava. Quando a gente era criança, a professora de catecismo falava pra gente nunca pensar no capeta, que era pecado, mas justamente por não poder, eu pensava no capeta o dia inteiro, Line, fechava os olhos pra dormir e imaginava o diabo de pele vermelha, cavanhaque e chifres, segurando aquele pau com ponta de garfo. Nem sei mais. Agora a Maria deve ser só osso debaixo da terra, quanto tempo demora pra gente virar osso?

*

Estou com uma dor nas costas que não estou aguentando, Line. Hoje cedo fui na farmácia porque não dormi de noite de tanta dor. Fui comprar um anti-inflamatório na farmácia do Jonas e você não imagina quem estava lá. O seu Dito. Ele falou: bom dia, Lana, e eu fiquei branca igual um pedaço de papel, não consegui falar nada e ele ainda continuou, disse que estava comprando uma magnésia, que estava com uma azia de matar, parecendo um dragão. Ele falou comigo como se não tivesse acontecido nada e eu fiquei me perguntando: e se não tiver acontecido nada mesmo? E se o seu Dito nunca esteve na mata, e se nunca me perseguiu na intenção de me montar. E se eu nunca estive na mata, Line? Não tem ninguém pra me dizer que foi verdade, que tudo aconteceu como eu te contei, eu no meio do mato, descobrindo minha filha dentro das plantas e dos bichos, eu andando pelada, virando bicho, o seu Dito me farejando e me perseguindo, gritando: eia, eia, eia, que nem se eu fosse um cavalo. Será que eu imaginei essas coisas? Será que eu imaginei o pai olhando a gente dormir, o tecido dos shorts se mexendo de madrugada, o gemido que ele dava no final, será, Line, será?

Vinte e três
Vinte e nove
Trinta e um
Quarenta
Sessenta e dois

Posso tomar sorvete? Estão passando em frente à sorveteria da Alzira e Maria não direciona a pergunta, mas Ilana sabe que se dirige à tia Dodora. Quase nunca pede permissão para a mãe, é a tia quem assina o boletim, autoriza os passeios da escola, escuta a prescrição de antibiótico do médico. A tia Dodora teve receio de Ilana se incomodar, não fico chateada não, tia, você é muito mais mãe dela do que eu. E a tia disse, que bobagem, Lana, você é uma boa mãe. Mas Ilana sabe que não alcança a filha, melhor que a mãe seja a tia, que nunca teve filho, mas sabe ser mãe de nascença.

A tia responde, pode sim, e a menina diz, oba!, quando entram na sorveteria. Ilana não consegue dissimular a tristeza, a boca treme na tentativa de conter o choro. A tia Dodora diz baixinho, acalma teu coração, Lana, vai ficar tudo bem.

Acabaram de sair do consultório, a tia precisou fazer uns exames, sentia dores no estômago e nas costas, o médico olhou os resultados, balançou a cabeça muitas vezes antes de falar alguma coisa.

Ilana se apressou em perguntar, é grave, doutor?, e o doutor disse que sim, na verdade é bem grave, e se dirigindo diretamente à tia Dodora, falou, câncer de pâncreas. A tia não se desesperou, eu nem sabia que eu tinha pâncreas, doutor, nunca precisei de pâncreas pra nada, arranca tudo e pronto. Maria sentada no chão, uma bic azul e um papel sulfite que a secretária do médico deu. O doutor falou sobre o tratamento, que o tumor é grande e que iam fazer sessões de quimioterapia, mas não era garantido. Ilana apertava a mão da tia com muita força, enquanto o doutor explicava sobre os efeitos colaterais do tratamento, náuseas, diarreia, perda de cabelo, de apetite.

Maria escolhe de algodão doce e o sorvete é azul como um céu de mentira. A tia Dodora pede de abacaxi e Ilana não quer, pede um, Lana, um calor desses. Ilana se convence e pede uma bola de crocante. Alzira pergunta, no copo ou na casquinha?, e ela não sabe. Assim como não sabe como vai ser agora, a tia doente, o médico falando que o tumor é grande e a tia Dodora dizendo, é só operar, doutor, e ele explicando que não, que era grande demais, pra curar, só um milagre. A tia Dodora se encheu de coragem e perguntou, quanto tempo eu tenho, doutor?, o médico levantando os ombros, olha, difícil dar um prazo. A tia Dodora insistiu tanto que ele falou, quatro meses, cinco no máximo, enquanto Maria desenhava um sol mostrando a língua.

Ilana e tia Dodora sentadas no banco da praça, Maria já terminou o sorvete e brinca no coreto, as mãos estão azuladas do corante do sabor algodão doce. Ilana funga, chora, gira o sorvete na língua, limpa com a mão esquerda, ranho, lágrima, baba, sorvete derretido. A tia Dodora cava o sorvete com a pazinha de madeira e leva à boca, dizendo vai dar certo, Lana, eu vou sair dessa. Depois olha para Ilana e diz muito séria, mas se eu morrer, você precisa cuidar dela. E Ilana não sabe se consegue. Olha para Maria, que arranjou uma amiga, uma menina de cabelos alaranjados, a mãe sentada em um dos bancos folheia uma revista. A menina pergunta alguma coisa para Maria e ela responde apontando para onde Ilana e Dodora estão sentadas. Ilana não escuta, mas imagina que a nova amiga perguntou, quem é sua mãe?

Estão no carro voltando para o sítio e não dizem nada, só a Maria no banco de trás canta uma música que aprendeu com a amiga da praça, alguma coisa sobre um rio que secou e não tem mais flor, jacaré, peixe. Ilana dirige, tia Dodora tirou um terço da bolsa e reza em silêncio, passando as contas pelo polegar e indicador. Maria interrompe a música para dizer, tia, eu posso ganhar um urso de pelúcia de Natal? A tia responde, pode sim, Maria, você escreve a carta pro papai Noel e fica bem boazinha. Ilana conta na cabeça os meses que faltam para o natal, marcando nos dedos sem tirar as mãos da direção. Oito meses.

*

Agora vou na cidade quase todo dia. Compro conduíte, batom, biscoito de polvilho, meia, guarda-chuva, borracha, água com gás, pano de prato. Nem sei por quê, eu não preciso de nada disso, mas eu vou comprando, só pra ir na cidade. Ontem parei na sorveteria da Alzira e pedi duas bolas, limão e sonho de valsa, você sempre pedia esses sabores e eu nunca sabia do que pedir, ficava lá olhando pra vitrine gelada, rosa, branco, verde-claro, na nossa época não tinha, mas agora tem azul, que é sabor algodão-doce, a Maria só pedia desse até os oito, nove anos, acho que mais por causa da cor do que do gosto. Depois ela passou a pedir cada dia um diferente, igual a mim, pedia até passas ao rum, pistache, murici, goiabada. Será que foi aí que ela se perdeu, Line, quando deixou de ter certeza do sorvete de que gostava?

*

A polícia me chamou mais uma vez, fui lá umas quatro vezes, sem contar as que eles vieram aqui.

Fui lá ontem. O delegado é o filho da Guma do Osório, lembra dela, Line, que vendia frango desossado na Rua Maranhão? Nunca soube que ela tinha filho, a gente ia com a mãe direto comprar frango e eu nunca vi criança lá, mas ela tinha um filho, chama Ronaldo, doutor Ronaldo, é ele quem tá cuidando do caso da Maria. Ontem me chamou pra dizer que vai encerrar a papelada, que está provado que foi por querer, mesmo. Subiu uma raiva dentro de mim, Line, fiquei descontrolada. Tem cabimento me fazer sair da minha casa, pegar o carro até a cidade pra falar uma barbaridade dessas? Era pra ele estar investigando, fazendo teste na torre, ver se os ferros estavam escorregando, vai que alguém tinha passado graxa, óleo. Bando de inútil, essa polícia não presta pra nada, urubus filhos da puta, só gostam de fuçar em tragédia. Falei tudo isso pro doutor Ronaldo. Falei gritando, Line, não pensa que eu estava calma não, gritei e ainda cuspi na cara dele, e uns dois polícias me seguraram pelo braço e o delegado falou: eu só não te prendo porque você ficou louca, a cidade inteira sabe que você tá louca, que botou fogo nas coisas da sua filha, que anda pelada no mato, vai acabar em manicômio. E quanto mais ele falava, mais eu ficava com raiva, vontade de rachar a cabeça dele com um machado, bem no meio da nuca, e eu cuspi tanto que fiquei sem saliva, depois tentava cuspir e não tinha mais baba. Quem falou pra ele aquelas coisas, Line, quem? O seu Dito deve ter ido na delegacia contar que eu andava pelada na matinha, deve ter ficado com medo de eu ir até a delegacia e contar do cinto desfivelado, dele me perseguindo feito bicho, enquanto eu era quase bicho. Será que aconteceu mesmo, Line, isso dele me perseguir? Será que eu tava lá pelada, correndo feito doida e seu Dito só queria ajudar, por isso falou pro delegado? Eu não sei de mais nada. Estou sozinha, todo mundo morreu, e agora eu não tenho ninguém mais pra morrer, nem nada pra queimar, louça pra jogar na parede. Agora eu só tenho você e eu espero que você esteja me esperando aí nesse lugar de gelo, aguardando um sinal meu, alguma coisa assim. Eu também espero um sinal seu, mas não tenho coragem, Line, pensei um tanto jeito. Arma eu não tenho, nem sei onde comprar, mas tenho faca, também podia subir na torre e escorregar igual a Maria, imitar a dor dela de ter a cabeça arrebentada no cimento, será que ela pensou em mim enquanto voava lá de cima, sentiu raiva, amor, será que ela me amou algum dia? Nos cartões de dia das mães ela escrevia que sim, eu te amo, mamãe, mas eu sentia que não era pra mim, entende, Line, a mamãe do cartão era outra, uma mamãe que ela não tinha, que ela queria tanto ter e, se tivesse tido, estava aqui no mundo, não era grilo e folha e a água barrenta do riacho.

*

O caderno não está acabando, ainda tem um monte de página em branco, mas eu não vou escrever mais nada, amanhã acendo o fogão à lenha e queimo tudo. Pra mim chega, Line, eu estou na borda da loucura e o que vejo do lado de lá é uma floresta borrada de preto e eu tenho medo de entrar, da Maria não estar lá, colada nas árvores da loucura que devem ser pretas que nem madeira queimada, e eu não quero ficar sozinha. Até o Chico foi embora, te falei do sapo sem mãe? Um dia não voltou nunca mais e eu não sei se ele encontrou mãe, se morreu afogado no brejo, se subiu no alto da mangueira e voou lá de cima pensando que fosse um tiziu. Esses dias voltei naquele médico. Ele me pesou e eu estou com quarenta e cinco quilos, pensei que se eu parar de comer, uma hora eu sumo e deve doer menos morrer assim, devagarzinho, ficando mais invisível a cada dia.

Falei pro médico que não estava conseguindo dormir e é mentira, tudo mentira, eu deito no travesseiro e durmo, porque é no sonho que eu fico viva. Agora não sonho mais com a cabeça de macaúba rachada, eu comendo a polpa que é o miolo da Maria, agora eu sonho com ela bebê. É um sonho inventado sem lembrança. No sonho eu sou outra pessoa, gorda nos peitos, um cabelo claro, sardas nos ombros, é uma outra mulher, mas sou eu, entende, Line? No sonho a Maria tem uma mãe que ri muito e sabe cantar músicas e faz uma dança engraçada, no sonho a Maria tem uma outra mãe e sou eu. Ontem sonhei que a gente estava na praça tomando sorvete e a cada lambida que ela dava o sorvete crescia mais e mais e ela ria, e eu era a mulher loira de sardas e ria muito também, os dentes brancos brilhando igual artista. O médico me receitou remédio pra dormir, desses tarja preta. Saí da consulta e passei na farmácia. A receita dizia duas caixas, ele me disse pra voltar em dois meses. Mandou tomar um por dia antes de deitar e eu não vou tomar nenhum, agora que sou mãe de verdade no sonho, não vou deixar de ser, não vou tirar a mãe que minha filha até que enfim teve. Vou guardar as caixas e um dia pego um punhado e tomo tudo junto. Quando eu tiver coragem, debulho uma, duas, cinco cartelas de comprimido na concha da mão e engulo. Você fica me esperando, Line, você me espera pra morrer? Eu morro aqui no sofá vermelho, um cheiro de poeira e de flor, os manacás cansados de tanto parir flor roxa, árvore nenhuma aguenta flor assim o ano inteiro, uma hora eles cansam e morrem também, junto comigo, com você, a Maria, a tia Dodora. De repente a gente vira flor e água e bicho e planta, igual a Maria, a gente juntas pra sempre no embaraçado das raízes, no lodo do rio, no couro dos sapos e das rãs, de repente a gente também é pássaro e a Maria nunca que vai cair da torre, abre as asas de borboleta e voa até o chão, pousando devagar no cimento, os miolos seguros no dentro da cabeça dela.

Vou acender o fogo, Line, não aguento mais, queimo o caderno e aproveito para queimar o que ainda sobrou, a casinha de boneca em miniatura que o tio Valter fez pra ela, as toalhas com M bordado. Eu te aviso, Line, quando eu criar coragem, dou um jeito de te avisar, daí você arranja aí uns remédios, um revólver, ou sobe em uma torre alta o suficiente para estourar sua cabeça no chão.

Vinte e nove
Trinta e um
Quarenta
Sessenta e dois

Ilana se ajeita no oco da árvore, os joelhos encostados na barriga, a cabeça apoiada na parte de dentro do tronco sem miolo. Adormece quase no mesmo instante, já se acostumou, sente que voltou para casa depois de uma vida inteira de desterro. Sonha com a filha caída e a cabeça dela é um coco de macaúba. As pernas, braços e mãos são pernas, braços e mãos, mas a cabeça é uma imensa macaúba rachada e da fenda se vê a carne amarela da fruta. Ilana força a abertura para ter acesso à polpa, tira um bocado e come, sentindo escorrer um sumo vermelho nos cantos da boca e estranha, macaúba não tem sumo, muito menos vermelho. Então ela percebe que o que come não é fruta. Tem gosto de carne crua e sangue. Dá um grito de pavor, mas só no sonho, porque fora do sonho continua a dormir profundamente no abrigo na árvore oca.

Está vivendo na mata há três semanas ou quatro, o tempo é um embolado de manhãs, tardes e noites, não sabe a hora e nem o dia da semana. Não tem roupa nenhuma. Deixou os tênis em algum lugar, quase certeza de que no primeiro dia, quando colocou os pés no riacho, depois foi perdendo calça, sutiã, camiseta, calcinha, perdeu até o elástico de cabelo. A cada dia é um pouco mais bicho e tenta adivinhar em que animal está se transformando, a pele se tornando fria como umidade de lodo, por isso tem palpite de anfíbio, talvez sapo. E se for sapo está bom, não quer virar bicho de caça, jaguatirica, raposa, focinho sujo de sangue, boca cheirando a vísceras. Também não quer ser pássaro, porque não sabe se a filha está no céu. A certeza que tem é de que a Maria está nas folhas e na terra, na casca de todas as árvores, até na casca da árvore oca e morta que faz de cama quando vem a noite. Maria está no riacho, na água, nas minhocas furando o chão, nos cogumelos alaranjados em forma de chapéu, nos besouros, nas formigas vermelhas, pretas, até mesmo nas formigas mortas, comidas por aranhas armadeiras. Nunca esteve tão próxima da filha, nem quando ela estava viva, fazendo lição de matemática, bebendo leite morno antes de dormir.

Agora que achou a filha, não quer ir embora nunca mais, não vai deixar a filha morrer de novo. E se virar sapo é bom, a filha deve ser todos os sapos e as rãs e até as cobras. Por isso não tem mais medo de cobra, porque ainda que tenham peçonha, que rastejem traiçoeiras para picar a pele da gente injetando veneno, são todas a Maria.

Acordou alguns minutos depois de o sol nascer, estica as costas que doem, se já tivesse virado bicho não doíam, mas ainda é gente, por isso não consegue parar de pensar. Pensa no pai e sente raiva e também um pouco de amor, pensa no Jane, na mãe, na tia, no tio. Pensa na irmã, queria que ela tivesse voltado, nem se fosse por um dia, nem que fosse para morrer, quando se despediu no aeroporto, dizendo: tchau, Line, não sabia que era para sempre. Pensa sobretudo na filha. E mesmo que tenha descoberto que a Maria é árvore e planta e bicho, que sempre foi árvore e planta e bicho, mesmo antes de nascer, mesmo antes de existir no mundo árvore e planta e bicho, ainda assim dói muito.

A água do riacho está gelada, não deu tempo de o sol esquentar. Não entra devagar, molhando os pulsos para se acostumar. Mergulha costas, rosto, cabelo, barriga, tudo ao mesmo tempo. Esfrega a mão direita nas pernas e cotovelos, tivesse virado rã, lagarto, não se preocupava com asseio, só abrigo e alimento.

Ilana sente fome o tempo inteiro, tem esperança de se acostumar, mas não. Bebe três, quatro litros de água, a barriga tão cheia de líquido que tem dificuldade de andar. Urina o dia inteiro, em qualquer lugar, dobra os joelhos e mija, tanto e tantas vezes que ontem fez até dormindo, igual quando era criança.

Já saiu do riacho e está deitada na margem, o sol recém-nascido não tem força de aquecer, por isso o corpo trepida de frio, os dentes batem uns nos outros e ela faz força para fazer xixi, um pouco de quentura no corpo, mas não tem quase nada, fez na água. Mais um pouco de força e o que escorre da vagina não é xixi, passa os dedos e leva debaixo do nariz: sangue. Não menstruava há o quê?, quatro ou cinco meses, o médico disse que era por conta da falta de vitaminas, deu receita de suplementos, Ilana nunca tomou. Justo agora que quase não come, passa o dia com abacate, manga, seriguela, talo de suculenta, o sangue teve força de descer e ela gosta, pensa que é um atestado de não ter filho. E ainda que não tenha filho nenhum, é mãe.

Passa três dias com o sangue escorrendo nas pernas. Não escorre o tempo inteiro, vem em golfadas, a cada hora e meia o útero regurgita uma mistura de sangue e coágulo.

Deve ter sido isso. Ele veio pelo cheiro de sangue, seguiu o rastro. De início, de longe, na camuflagem das árvores, fazendo tocaia. Ilana sabia que tinha bicho na espreita. Imaginou gato do mato, raposa, não imaginou homem.

Está sentada na sombra da mangueira, puxa a pele da manga com os dentes até que esteja completamente descascada. É manga espada e está madura, o suco escorre na medida em que a casca se desprende da polpa. Ele sai de trás da árvore em que estava escondido no instante em que ela afunda a boca na primeira mordida, os dentes atulhados de fiapos, o sumo melando o queixo. Ilana não diz oi para o seu Dito, nem diz nada, já é um pouco bicho e perdeu o costume de fala.

Seu Dito se aproxima devagar, tem receio de perder a presa, o cinto já desfivelado e Ilana entende. Sabe reconhecer a maldade, por isso corre. Não consegue correr muito rápido, ainda que tenha se acostumado a estar descalça na mata, os pés ainda doem com as pedras e as plantas espinhentas. Sem precisar fugir, andava devagar, escolhendo os caminhos, poupando os pés que ainda são de gente. Mas mesmo que corra devagar, está à frente do seu Dito três ou quatro metros. Os pés dele estão protegidos por botas, mas é muito gordo e velho, deve estar beirando os setenta.

Ilana corre e sabe que não pode cair, se tropeçar em raiz, bater a cara em tronco, ele alcança e tem apetite de bicho querendo montar em bicho. Lembra do Jane, queria que ele estivesse ali para matar o seu Dito, certeza que matava, partia a cabeça dele com o machado e ainda cortava o pinto fora, jogava para os porcos, se eles tivessem porcos, e seria bom criar porco de novo, fazer linguiça, torresmo. Vai ligar para o Jane e chamar de volta, vem, Jane, volta aqui pra roça pra gente criar porco e matar o desgraçado do seu Dito. Mas agora não pode pensar em nada disso, nem na Maria, que deve estar vendo tudo e deve ter pena da mãe, fugindo igual bicho do bicho que a persegue. Não pode cair, de jeito nenhum que pode cair, nem roupa tem para ele tirar, e se ele alcançar, vai ser rápido, um velho desses não deve aguentar muita coisa. Precisa parar de pensar, precisa ser animal concentrado em fuga.

Seu Dito ofega, bota a mão no peito, mas não deixa de correr, Ilana queria que ele tivesse um infarto agora, caísse duro no meio da mata e ninguém havia de encontrar corpo, de noite vinha animal fuçar, tanta raposa querendo caça e a caça morta, o sangue ainda quente, depois os urubus roendo o que sobrou, carniça, de repente até ela come também, agora que é quase bicho. Nunca comeu carne de gente e não sabe se tem coragem, mas não come carne há tanto tempo, tem tanta vontade, que acha que sim, seria capaz. Tivesse uma faca, tirava uma lâmina da gordura da barriga, da coxa, de repente coração, um homem desse tamanho deve ter um coração enorme, do tamanho de mil corações de galinha, e fosse assim, fosse o seu Dito ensopado na mesa do jantar, nunca que ela e a irmã iam brigar por coração. Teria coração para todo mundo, e o pai comeria tanto que nem teria vontade de levantar de madrugada, o São Judas

Tadeu trepidando, a mãos dentro dos shorts, o gozo dolorido olhando os peitinhos recém-arrebentados das meninas.

Ilana reduz o ritmo da corrida, mas a distância não diminui, porque o seu Dito ofega muito, ainda assim o cinto desfivelado, as mãos seguram a barriga, de vez em quando a direita no coração, diz, eia, eia, eia, como diria para uma égua xucra. Ilana tem certeza de que ele faz égua de mulher e é isso que ele quer fazer agora, mas ao contrário, quer fazer mulher de égua.

Estão correndo em um grande círculo que vai do rio até o abacateiro, passando pela clareira de ipês, o tronco podre que Ilana dorme. Seu Dito ainda diz, eia, eia, eia, agora mais alto e com mais autoridade, ainda assim a égua foge. Ilana sabe que se continuar o círculo, uma hora um dos dois vai tombar, ou ele infarta ou ela tropeça, arrebenta os ligamentos dos tornozelos pisando em buraco.

Lembra da casa e muda o rumo da fuga. Não pensou que voltaria, imaginou a vida no para sempre da mata: mergulhar o corpo de manhã cedo no riacho, sentir a fome permanente da dieta de abacate-manga-seriguela-suculenta, evacuar o bagaço do pouco ingerido, urinar em todos os lugares, sentir a filha nas árvores, no chão, nas folhas. Mas não.

Queria que a irmã estivesse ali. Fosse a irmã que o seu Dito estivesse perseguindo, não iria fugir. Aline pegaria uma ripa de madeira e correria na direção dele até furar a barriga gorda, só levantava de cima quando ele parasse de estrebuchar no chão. E a irmã comeria a carne crua, sem sal nem nada. Mas Ilana não, a verdade é que ainda não é bicho e está longe de virar, não tem coragem de comer carne crua, ainda mais de gente. E agora que está indo embora da mata, perdeu a chance de virar bicho e estar para sempre com a filha, por isso chora. E talvez o seu Dito tenha ficado com pena ou está mesmo enfartando, ofega muito e parou de correr, tenta andar rápido, mas não consegue, ainda diz, eia, eia, eia, mas perdeu a autoridade, se conformou com o prejuízo da fuga da égua.

Ilana está na cerca que separa o sítio da matinha, agacha para passar debaixo, raspa as costas no arame. O seu Dito está parado e observa a égua indo embora, o cinto ainda desfivelado, não diz mais, eia, eia, porque agora Ilana não é mais bicho correndo em mata, mesmo estando sem roupa nenhuma, está dentro da propriedade dela e é gente de novo. Seu Dito grita, Ilaaana. Ela olha para trás, ele arriou a calça, está completamente sem cor, inundado de suor, alguns movimentos com a mão direita e ejacula. É o que ele queria que Ilana visse, que ainda tem semente. As gotas do sêmen oleoso caem na terra, seu Dito sorri satisfeito. Ilana tem nojo e pena, pensa que se o pai estivesse vivo, seriam as mesmas gotas. O pai nunca mais espiou ela dormir depois que a irmã foi embora, será que espiaria a Maria? Sente raiva do pai, de imaginar ele olhando a neta que nem chegou a conhecer, por isso decide matar o seu Dito, nem vai esperar o Jane, vai entrar em casa e pegar a faca de sangrar porco.

Mas o seu Dito foi embora e ela nem viu, a terra já absorveu os pingos de esperma, decerto as formigas estranharam a chuva de três gotas, pegajosa e quente, vai ver uma delas morreu com o golpe.

Agora é como se nada tivesse acontecido. A fuga na mata, os dias vivendo feito bicho, a Maria voando da torre, o Jane indo embora para sempre, a irmã em terra de gelo, tem certeza de que Aline morreu. Ainda assim é como se não tivesse morrido, todo mundo vivendo dentro dela, a irmã, a filha, as rãs fluorescentes da matinha, a terra, os abacates, as macaúbas rachadas, a carne escapando da fenda, o sumo vermelho.

A casa é a mesma casa de quando ela saiu, mas com uma camada de poeira. Entra no quarto da Maria e chora. Deita na cama da filha e dorme na esperança de sonhar com ela viva, sem cabeça de macaúba, sem morte nem nada, a filha chupando chupeta, pedindo Nescau puro na xicrinha para comer de colher, tentando decorar as capitais dos estados na lição de geografia, dançando balé.

Dorme por vinte e duas horas seguidas e não sonha com nada.

*

Vou queimar o caderno, tô criando coragem para queimar, mas antes vim te escrever uma última coisa. Estava mexendo numas coisas velhas, estou separando tudo o que sobrou pra queimar. A tia Dodora guardava uma caixa de papelão em cima do guarda-roupas e eu nunca soube. Abri a caixa e você não pode imaginar a tranqueira que tinha, Line: garantia de liquidificador, certidão de nascimento do tio Valter, jornal de trinta anos atrás, documento de compra de gado, desenhos de quando a gente era criança, até as folhas em que a gente jogava stop, forca, jogo da velha, uma quantidade de papel que você nem acredita. No meio da papelada eu encontrei uma carta que eu escrevi pra você, devia ter uns onze e lembro direitinho de estar sentada na mesa do quarto te escrevendo a carta, era uma lição de casa. Eu tinha certeza que tinha jogado fora, rasgado e tacado na privada, levei um susto de ver carta de novo. Fiquei pensando em como a tia Dodora encontrou a carta, será que ela leu, Line? Ela deve ter achado quando fez a faxina na nossa casa da cidade antes de vender. A carta estava num envelope verde-claro, por fora, no lugar do destinatário, estava escrito com a letra redonda da tia Dodora: Aline/Ilana.

*

Aline,

A professora mandou a gente escrever uma carta de lição de casa. Você disse que vai escrever a sua para a Moira. Eu ia escrever a minha para a Cleidinha, mas ela falou que não gosta de ler cartas, disse que sente muita preguiça, então vou escrever para você.

Tinha pensado em escrever para a Xuxa e pedir para ela sortear minha carta e convidar a gente para andar na nave dela, mas acho que é uma coisa muito tonta, porque como eu ia pedir para ela sortear a carta se ela só vai ler depois que sortear? E mesmo que eu escrevesse para a Xuxa, teria que entregar a carta para a professora, porque é a lição de casa. E também você falou que nem gosta mais de Xuxa e não tem mais o sonho de ser paquita, eu ainda gosto um pouco, mas só um pouco.

Se essa carta fosse mesmo para você e não para a lição de casa, eu podia escrever muitas coisas. Mas como é para a lição de casa, eu não posso escrever muitas coisas e tenho que caprichar na letra, tomar muito cuidado com os erros de português e os acentos, a professora disse que vai tirar ponto de tudo isso e acento é um negócio que eu nunca sei direito quando tem e quando não tem.

Quando a gente escreve uma carta, a professora falou que a gente tem que perguntar para a pessoa para quem a gente escreve a carta, que ela disse que chama destinatário (você sabe disso se tiver prestado atenção na aula e eu acho que não, nessa hora você estava cochichando com a Moira que eu vi, mas pode deixar que depois eu passo o branquinho nessa parte para a professora não saber). A gente deve perguntar para o destinatário como ele está e tal e escrever que espero que esta carta te encontre bem. Mas eu não vou dizer nada disso, porque eu sei como você está. Você está feliz porque ficou menstruada e eu não sei por que você queria tanto ficar, nem foi a ultima da classe nem nada, só a Moira, a Carolina e agora você. Eu nem quero muito, dizem que doi pra burro e eu queria te perguntar isso, se é verdade que doi pra burro (pode deixar que esta parte eu também apago pra professora não ler).

Vou apagar de branquinho toda parte depois do feliz, então daí vou escrever feliz porque logo chegam as férias e a gente vai poder passar dois meses no sitio com a tia Dodora e o tio Valter e você vai subir na jabuticabeira no alto que eu não consigo, a gente vai brincar daquele pega-pega que você inventou e depois a gente vai pescar lambari de peneira e fritar na fogueirinha de tijolo que o tio Valter vai armar, a tia Dodora dá chuchu e um punhado de arroz e a gente cozinha, mas eu não sei se você ainda gosta dessas coisas agora que ficou menstruada, pode deixar que apago essa parte também.

Aline, a gente é gemea e eu acho muito legal isso da gente ser gemea, todo mundo fala que é muito legal e tal e eu queria que meu cabelo fosse igual o seu e queria que outras coisas também fossem iguais. Você tem um jeito, Line, não sei como é que você faz, isso de chegar nos lugares e ir falando, sem nó na garganta nem nada. Cada vez que eu tento falar alguma coisa, mesmo se for perguntar pra professora se é pra fazer a lição da página vinte e dois do livro, me dá uma vontade de chorar. Esses dias a tia Dodora tinha dado um dinheirinho pra gente gastar na cantina, você entrou na fila correndo, a Moira junto com você, eu era depois do André Tinta e da Luana, ouvi você pedindo pro Zé um lanche de presunto, um guaraná e três ping pong de hortelã, daí quando o Zé já tinha despejado o guaraná no saquinho, botado o canudo e amarrado, você virou a cabeça de lado e falou: pensando bem acho que eu quero uma fanta. O Zé fez cara feia, mas mesmo assim colocou o saquinho de guaraná do lado, abriu uma fanta e despejou em outro saco, botou um canudo rosa, amarrou e te deu, você saiu pulando com a Moira e eu na fila. O André Tinta pediu o lanche dele e depois a Luana pediu um chocolate e quando foi a minha vez, eu não sabia o que falar, queria um lanche de carne moida, uma coca e um sonho de valsa, era só eu pedir: um lanche de carne moida, uma coca e um sonho de valsa, por favor. Mas quando chegou a minha vez, o Zé disse: fala menina, e eu não falei, um monte de gente atrás e a minha cara queimava igual fogo, daí o Zé perguntou se era um lanche e um refrigerante e eu fiz ã-hã, ele me entregou um pão com molho de salsicha e pegou o saquinho do guaraná que você não quis, dei o dinheiro e ele me devolveu cinco dadinhos de troco e eu nem gosto de dadinho, o guaraná tinha perdido o gas e eu comi o pão com vontade de chorar.

Você nunca vai entender essas coisas, você fala até quando não deve, e é por isso que vira e mexe o pai arranca a cinta e dá nas suas pernas até ficar vergão. E eu vou ter que apagar tudo isso também, a mãe diz que se a gente conta pros outros o que acontece em casa, pode até virar caso de policia, essas coisas. Eu acho que não devia, isso de virar caso de policia, a mãe fala que pai que é pai educa e deve ser por isso que ele faz isso. Eu fico pensando que quando a gente crescer eu vou entender tudo e de repente esse ar que fica preso na minha garganta vai sair, eu vou abrir a boca e vou falar muitas coisas e nem vou ter mais vontade de chorar, meu cabelo vai crescer até o meio das costas e eu vou ter uma mochila de lantejoula, igual a da Cleidinha, que a tia dela trouxe dos Estados Unidos. De repente eu vou para os Estados Unidos e quando eu abrir a boca para falar muitas coisas vai ser em inglês e eu vou voltar na cantina e esperar a minha vez na fila só para dizer: Zé, coke, pliss, que é assim que a Cleidinha contou que pede coca nos Estados Unidos, que deve ser um lugar muito bonito, cheio de neve na rua e doces coloridos nos vidros das padarias.

Acho melhor eu passar a carta a limpo, senão vai ter tanto branquinho que a professora vai me dar uma nota baixa, vai achar que as partes apagadas são erros de português, essas coisas. Depois que eu acabar a carta, que passar a limpo as partes que servem pra lição de casa, rasgo essa daqui e jogo dentro da privada, você nunca vai saber que se eu falasse inglês, igual a tia da Cleidinha, mandava todo mundo tomar naquele nome que eu não tenho coragem de escrever. A Moira falou que o povo picha no muro com acento e na verdade não tem, mas eu não sei, não aprendi direito esse troço de acento e agora preciso escrever umas coisas que não vão pra a privada. A Carolina contou que leu num livro que ela pegou na biblioteca que vida tem uma versão passada a limpo e uma sem passar. Achei bonito e queria perguntar o nome do livro, mas quando eu ia falar a Moira chegou contando uma piada e aí depois eu não tive mais coragem de perguntar. Fiquei pensando que tudo o que sai da minha boca é passado a limpo. Se eu tivesse coragem de falar todas as coisas que ficam queimando na minha garganta, Line, acho que você ia assustar achando que eu sou louca e eu fico pensando que eu sou mesmo. Eu não posso te contar isso, mas quando o pai foi embora, queria que ele não tivesse voltado nunca mais, Deus me perdoa, mas eu queria que ele tivesse morado naquele longe pra sempre. Se ele tivesse ficado lá, nesse lugar que ele tava e eu não sei onde é, de repente o ar preso saía da minha garganta e eu tinha até coragem de falar sobre a chuva ácida na feira de ciências. A professora perguntou se eu queria falar e eu fiz que não com a cabeça, mas se o pai nunca tivesse voltado, eu falava um monte de coisas da chuva ácida e falava até da chuva que não é ácida e é bonita de ver, dá vontade de chorar e eu ia chorar perto de todo mundo e não ia ter nem vergonha. Se o pai não voltasse, eu não ia ter medo de ficar menstruada, mesmo doendo pra burro e acho que ainda demora, a Moira falou que a gente só fica menstruada depois de ter bastante pelo lá embaixo e eu não tenho quase nada, você não sabe disso, porque eu nunca deixo você entrar no banheiro enquanto eu tomo banho, só troco de roupa trancada e eu sou pelada lá embaixo, acho até que é defeito, mas não tenho para quem perguntar e tenho medo de ser doença, essas coisas. Agora o pai voltou e eu tenho medo de doença, de ter pelo na perereca e da chuva ácida e até da chuva que não é ácida e dá uma vontade danada da gente chorar pra sempre, mas agora tenho que escrever umas coisas que podem ir pra lição de casa.

Aline, no final de semana você quer tomar um sorvete comigo na sorveteria da Alzira, ainda não sei que sabor vou escolher, mas tenho certeza que você vai querer sonho de valsa e limão, você fala que gosta do doce misturado com azedo. Se o dinheiro der, a gente toma de taça, quem sabe dá para comprar uma banana Split e se a gente tomar uma banana Split, eu posso comer a sua metade da banana, já que você não gosta?

Bom, é isso, Line, eu vou ficando por aqui, não tenho mais nada para falar e a mãe veio mandar tomar banho que daqui a pouco o pai chega. Mande lembranças para todos e um grande abraço da irmã que te adora.

Ilana

Trinta e um
Quarenta
Sessenta e dois

O dia ainda não alvorou, estrelas mornas resistem na palidez da quase manhã. Ilana olha o relógio da mesinha de cabeceira: 5:42. Volta a fechar os olhos, sabendo que não vai dormir, só um descanso, respira profundo e solta o ar devagar, um pouco pelo nariz, outro tanto pela boca. É o penúltimo dia de inverno, ainda assim é quente, o ar melado, sem vento nenhum. A madrugada é o descanso do calor, por isso Ilana gosta de acordar antes do sol, ainda que não se levante, fique só de olhos fechados, o ar engordando os pulmões, esvaziando devagar.

O relógio marca seis horas, Ilana senta-se na beirada da cama, os cabelos alcançam o fim das costas, um emaranhado de fios branco, marrom e cinza, sobretudo cinza. Caminha a distância que separa o quarto da cozinha, o fogão ainda tem brasa do dia anterior.

Escolhe duas toras da lenha que está no saco, coloca nas extremidades da boca do fogão, arranca as últimas folhas de um caderno velho com a estampa de uma gata de laço vermelho, risca um fósforo, posiciona o papel em chamas no meio da madeira e espera. O fogo cresce com fome de papel e lenha. Despeja água na leiteira e coloca em cima do fogão.

Toda nova manhã é um arremedo da manhã de ontem: a água brandindo fervura na caneca de alumínio, o dia alvejando no cimento do terreiro, os sapos pedindo comida na porta da cozinha.

Pega a sacola que está pendurada na maçaneta, o plástico se movimenta como uma barriga grávida. Abre a porta e sente o fresco da manhã recém-concebida, olha o par de manacás: nenhuma flor. Não se lembra há quanto tempo as árvores pararam de procriar flor roxa, dez anos, talvez mais. Achou que era um sinal, que se as flores morreram, ela também poderia. Tentou duas vezes antes de se convencer de que a filha estava certa, nada do que fizesse a faria conseguir antes dos sessenta e dois.

Chama, pi, pi, pi, pi, como se atraísse galinha, mas o que vêm são dezenas de sapos de diversas cores, marrom, bege e verde, sobretudo verde. Vai tirando os besouros vivos da sacola e distribuindo devagar, se certificando de que todos estão comendo, de vez em quando empurra um mais guloso com o pé, deixa seu irmão comer.

Pendura a sacola vazia na maçaneta, coloca um pouco de detergente nas mãos, lava, enxuga na roda da camisola. Encaixa o coador direto na xícara, despeja duas colheres de pó no filtro, entorna a água fervente e espera que se converta em café.

A casa não tem quase nada, um sofá, fogão a lenha, geladeira, cômoda, cama de solteiro, mesa, uma única cadeira. Não há porta-retratos, quadros, enfeites de louça, quase não há louça, somente um prato, dois copos e a xícara que agora abriga o café. Tudo é velho e desbotado, até mesmo o folheto de ofertas do supermercado que ela pegou ontem está completamente desbotado, mal dá para ler o anúncio da dúzia de bananas-prata e não é possível saber o preço do pacote do sabão em pó.

Bebe o café sentada no sofá, a trama do tecido é rosa, memória do pano que foi vermelho, é quente como se fosse vivo, tem cheiro de flor e de terra. Coloca a xícara no chão, abaixa a cabeça até que o nariz encoste no sofá e aspira profundo, o aroma de flor madura e morta queima a carne das narinas.

Vai novamente até a cozinha e, quando volta para sala, carrega uma faca, a mesma que o tio Valter usava para matar porco. O sangue esguichando do peito, na altura do coração, o porco chorando feito criança, até que não chorava mais, o tio abrindo a barriga e extraindo o recheio do bicho: rim, tripa, bofe, coração.

Encosta a faca no assento do sofá, o tecido está podre e cede sem que Ilana precise fazer força. Esgarça o pano com as mãos e vai tirando os flocos do estofado como se carneasse um porco. Aspira cada porção da espuma extirpada e tudo cheira a flor de manacá, ainda que as árvores do quintal estejam completamente despidas.

O chão está repleto do estofo amarelo e Ilana pensa que as coisas quando separadas perdem a natureza original. A espuma esparramada não é mais o sofá, a gosma escorrida da cabeça da filha não é mais a filha, o amálgama de rim-tripa-bofe-coração não é mais o porco.

Volta para a cozinha, abre a geladeira, vê leite, azeitonas, manteiga, queijo curado, pote de cidra, Superbonder, uma caixa de ovos vermelhos. Fecha a geladeira, segurando a garrafa de água, enche um copo até quase transbordar. Olha o calendário na parede, pega uma caneta e risca o dia que começa: 21 de setembro.

Caminha até o banheiro e retira do armário debaixo da pia duas caixas de remédio. Há embalagens do mesmo remédio empilhadas do chão até metade da parede e também ao lado da privada, centenas delas, a maioria com validade vencida, alguma variação da logomarca que foi se modernizando com passar dos anos. Ilana vai regularmente ao posto de saúde, o médico pergunta do sono, apetite, prescreve os calmantes, orienta que continue a tomar um comprimido antes de se deitar e retorne para a consulta em dois meses. Ilana sempre volta na data programada, mas nunca toma os remédios. Passa na farmácia com a receita, compra as duas caixas e empilha no banheiro.

Abre as embalagens e debulha o conteúdo das cartelas na mesa, ao lado do copo de água. Sessenta. Segura o copo com a mão direita, os comprimidos espalhados na mesa. Não consegue tomar todos de uma vez, tenta seis e a garganta arranha, cospe na bacia da mão. Coloca de volta na boca de um em um, até que tenha engolido todos os sessenta comprimidos, com a ajuda do copo de água.

Olha o sofá destrinchado, o tecido rosa é flácido como a pele de um porco eviscerado. Nunca se esqueceu do barulho que saía da boca do porco no instante em que precedia a morte. Quando a filha nasceu, o médico de luva azul erguendo a bebê pintada de sangue, Maria chorava igual ao porco que morria. Então, Ilana soube que nascer e morrer era quase a mesma coisa, porque doía muito.

Não queria que fosse sozinha, queria que a irmã voltasse para morrer com ela. Aline com os quadris mirrados pela idade, os cabelos sem brilho, as rugas pregueando a testa e o pescoço, mas não. A irmã nunca mais voltou e ela esperou uma vida inteira, Aline quebrou a promessa e Ilana sente que faz muito tempo. Queria saber como foi, se morreu voando feito a Maria, se bebeu veneno, se ficou doente até murchar em cama de hospital, se levou tiro na cabeça, os miolos escorregando do buraco.

Está em pé, no meio da sala quase sem móveis, a camisola azul clara cobre parte dos joelhos, os braços estão esticados, sente que seu corpo não tem peso nenhum, por isso dança, escutando um barulho de dentro dela. Todos esses anos um silêncio e agora ela sabe que tem música, sempre teve música.

Abre a porta da cozinha e o sol já esquentou o cimento do chão, os sapos já foram embora para seus compromissos de sapo, só voltam amanhã cedo e não vai ter sacola de besouro vivo e nem pi, pi, pi, porque acabou e ela diz, ufa, bem baixinho, para que não deixe de ouvir nem por um instante o barulho que toca dentro dela.

Caminha em direção à porteira, desenrola o trinco de corda, passa pelo mata-burro, tomando cuidado para os pés não atolarem nos vãos da grade.

Anda até a borda da matinha, olha o emaranhado de árvores e plantas rasteiras, os pés lixam o solo de areia e raízes, uma chuva tão fina que parece poeira, a água levita no ar, como se nunca fosse alcançar o chão.

Entra na mata e caminha durante vinte minutos até alcançar a clareira de ipês onde viveu durante o período de quase bicho. Senta-se no chão, puxando a camisola para que os pedregulhos não arranhem o corpo.

Um lagarto marrom escala uma pedra, um louva-a-deus se afoga em uma poça, uma gota de seiva se solidifica no tronco de uma figueira, uma formiga carrega uma carcaça de barata, um manacá brota sua última florada, uma taturana morta. Ilana está em casa. Dentro dela, um coaxar de sapo e um barulho de rio correndo para sempre.

Um livro é sempre escrito enquanto a gente espera para morrer. De minha parte, desejo que demore, para que eu escreva muitos.

Este livro foi composto nas fontes Century e Montserrat, impresso em papel Pólen 90g/m^2 em setembro de 2023 para a Editora Patuá.